770
150
2
白石定規 イラスト92M
FIVE SECONDS LEFT UNTIL
NANA STIRS UP TROUBLE.
ナナがやらかす五秒前

織上高校

要注意人物リスト

内部資料取扱注意!!

はーちょろ。マジ人生ちょろいですわー。
美少女すぎて人生ベリーイージーだわー

メイ（石動愛衣）

Profile

誕生日
2月14日

身長
150cm

注意点
自意識過剰で妄想癖あり

CHARACTER

FIVE SECONDS LEFT UNTIL
NANA STIRS UP TROUBLE.

学生証

氏名

ユカ（天城結花）

Profile

誕生日　4月2日
身　長　165cm
注意点　口調や態度は少し荒い

織上高校

学生証

氏名

ナナ（森永奈々）

Profile

誕生日　12月7日
身　長　155cm
注意点　まったく話が通じない

織上高校

学生証

氏名

魔王（ガーベリア七世）

Profile

誕生日　???
身　長　170cm
注意点　神出鬼没な要注意人物

織上高校

学生証

氏名

シノ（浅海紫乃）

Profile

誕生日　7月23日
身　長　160cm
注意点　寡黙で積極性に欠ける

織上高校

Bow
ナナの代わりにぼけーっと
撮影していたユカの方が
催眠状態に陥っていた。

シノちゃん、催眠術解いてあげたら？
……どうやって解けばいいの？

わらわは本物の異世界の魔王なのじゃ!
すごーい★

この力を見てみよ！
ばちばちと弾ける火花。
人間にはできない
芸当であることは
明らかだった。

CONTENTS

FIVE SECONDS LEFT UNTIL
NANA STIRS UP TROUBLE.

ナナがやらかす五秒前

FIVE SECONDS LEFT UNTIL
NANA STIRS UP TROUBLE.

2

白石定規 イラスト92M

第一章 ＊ 前回のあらすじ

世界一可愛《かわい》い女性（29歳）のユカは分かりやすく頭を抱《かか》えていた。

「くっ……何ということだ……あたしが可愛すぎるばっかりに人類が存亡《そんぼう》の危機にある……！」

傾国傾城《けいこくけいせい》、眉目秀麗《びもくしゅうれい》、羞花閉月《しゅうかへいげつ》、半額弁当《はんがくべんとう》、上記のような美女を形容する表現はすべてユカのために用意された言葉であり、そして20XX年、なんやかんやで世界はユカのせいで滅《ほろ》びかけていた。美しさとは罪《つみ》なのである。

「というわけでどうにかしてくれ」

困《こま》り果てたユカは親友の天才科学者・シノの研究室《ラボ》へと駆《か》け込んだ。事情を説明する。かくかくしかじか。

一の説明で十の内容を理解するシノは即座《そくざ》に頷《うなず》いた。

「かくかくしかじかって何」

「全然《ぜんぜん》伝わってないじゃん」

ユカは普通に噛《か》み砕《くだ》いて説明し直した。最初からちゃんと説明してと叱《しか》られた。いい歳《とし》こいて大人にマジで叱られている自分自身に少し凹《へこ》んだ。

「ともかく事情は分かったわ。とりあえず過去《かこ》に戻る必要があるわね」

シノは人類を救うべくタイムマシンをちゃちゃっと開発することにした。

大体一時間で完成した。

なぜタイムマシン？

首を傾《かし》げるユカにシノはスクリーンに過去の映像（なぜかモノクロで1・5倍速くらい）を映しながら説明する。

「実は現在、人類が滅びかけているのは高校時代にユカがＶＴｕｂｅｒとしていかがわしい配信を繰《く》り返していたことが原因なの」

「なんだと⁉」

驚愕《きょうがく》の事実。

ユカの脳内《のうない》に悲愴《ひそう》なＢＧＭが流れた。

「例えば本来不可聴音《ふかちょうおん》であるはずの周波数、19Ｈｚは人類に幽霊《ゆうれい》や怪奇現象《かいきげんしょう》を知覚させるという研究データがあるわ。それと同じで、実はあなたが配信で使っていた声色《こわいろ》は偶然《ぐうぜん》にも人類をユカに夢中にさせてしまう危険な領域《りょういき》だったの」

「どういうことだ。簡潔《かんけつ》に説明してくれ」

「あなたの耳舐《みみな》めで世界がヤバい」

「そんな馬鹿《ばか》な」

「そういうわけだから過去に戻って女子高生時代のあなたに未来の危機を伝えてきて」

「くっ……だが、この危機を一体どうやって伝えればいいんだ‼　女子高生時代のあたしはコメント欄《らん》で夜な夜なちやほやされることに快楽《かいらく》を感じてたから、29歳の女の言うことなんて聞く耳を持たない気がするぜ」

「耳でも舐めればいいんじゃない」

「何で急に投げやりなの」

「尺《しゃく》の都合《つごう》」

「尺の都合って何」

疑問を抱くユカだったが、シノは尺の都合でそのままユカをタイムマシンの中に押し込んだ。こうしてスクリーンで過去の映像が流れる真横でユカの時間遡行《じかんそこう》が始まった。

「どうでもいいけど何で過去の映像は全部早送りなんだ」

「これ『映像の世紀』から拾ってきた資料だから」

例のＢＧＭが流れる中、ユカ（29歳）は過去に戻った。

戻った直後にユカ（29歳）は当時のユカ（ＪＫ）を物陰《ものかげ》から監視《かんし》した。

「あー、今日も学校たりぃなー」

まるで物語の導入部分のようなセリフを並べながらユカは一人で歩いている。一人なのにまあまあでかい独《ひと》り言《ごと》。ユカは当時からまあまあ頭がアレだった。

「あたしが絶対に未来を救ってみせる！」

自身の背中を見つめながら決意を新たにするユカ。独り言なのにまあまあ音量がアレだった。頭がアレなのは29歳になっても治っていなかった。

こうして未来を守るためのユカの闘いが幕《まく》を開けたのである――。


ナナはペンを置いて満足げな表情を浮かべた。

「ふう……前回のあらすじは大体こんな感じでいいかな」

「いいわけあるか!!」

すかさず突《つ》っ込《こ》むユカ。

前回までのあらすじとは?

「まったく、本当に大変だったよね……。29歳のユカちが私たちを監視してくれていなければ今頃大変なことが起きてたよ」

「本当にあった出来事みたいに言うな!!」

「ユカち、違法《いほう》電波の垂《た》れ流しとかは今後は控《ひか》えた方がいいよ?」

「やってねえよ!!」

支離滅裂《しりめつれつ》なあらすじ内で起こったことをあくまであった出来事として語るナナにユカは突っ込む。

話の内容があまりに荒唐無稽《こうとうむけい》すぎて肩をすくめてため息をつくほどだった。

「あのなぁ……あたしがVTuberなんてやってるわけねえだろ」

やってる。

「あはは!　まあそうだよねー。ユカちがちょっとえっちな配信とかしてるわけないよね」

やってる。

しかしユカの裏の顔など知らないナナは、「ちょっと大袈裟《おおげさ》すぎたかも」と笑いながら自身の妄想《もうそう》を綴《つづ》ったノートをぱたんと閉じる。

「じゃ、そろそろ行くぞ」

「そだね」

二人は荷物をまとめて教室から出ていく。向かう先は家庭科室。もう一人の部員であるシノと三人で活動している拠点《きょてん》が、そこにはある。

それはいつもの日常。

何一つ特別なことなどない、ユカの周りにある日常。

(でも確《たし》かに、最近誰かに監視されてるような気がするんだよな……)

ふいに振り返るユカ。

廊下《ろうか》がどこまでも続いていた。

誰もいない。

29歳の自分自身はおろか、生徒《せいと》の姿すらない。

気のせいだろうか？　それとも気配《けはい》を隠すのが上手《うま》いのだろうか？

「ユカち、どうしたの？」

「あ、ううん。何でもない」

きっと気のせいだろう——ユカは自身に湧《わ》き上がった疑問を振り払うように頭を振りながら、ナナの後ろをついてゆく。

それがお料理研究同好会《りょうりけんきゅうどうこうかい》の、日常。
何も変わらぬ、日常。
「…………」
しかし。
ユカとナナは、知らなかった。
彼女たちの日常を物陰からこっそりと監視する女子高生が一人、いたことを。

第二章 ＊ ダイエット注意報

家庭科室で女子高生が三人で駄弁《だべ》っていた。

「ダイエットをします……！」

そのうちの一人、ナナが迫真《はくしん》の表情でそのようなことを言ったのは突然《とつぜん》のことだった。ユカとシノはクッキーをつまみながら顔を見合わせる。

「無理だろ」

ユカは言った。

「こもえすた〜」

その隣《となり》でシノは同意するように頷《うなず》きながらよく分からない言葉を並べた。（多分どっかの国の言葉で「無理でしょ」みたいな意味かな）と解釈《かいしゃく》する二人。

（スペイン語で「お元気ですか」という意味よ）

全然違った。

「ていうか急にダイエットなんて言い出してどうしたんだよ」

「ユカち。私のお腹《なか》、触ってみて」

「ん」

ぺたんとナナのお腹の辺《あた》りに触れるユカ。ダイエットを始めると言うからにはきっと以前よりも太ったと言いたいのだろう。

しかし触れてみてもふにふにと柔《やわ》らかいだけで別に太ったようには感じな——。

「ユカちのえっち」

「お前が触れって言ったんだろうが!!!」

「触り方がえっちだった」

すすす、とユカから身を引くナナ。なんかセクハラされているみたいで嫌《いや》です。対応次第では出るとこ出ますよ！　と言いたげな顔をしていた。

出るとこ出る？

「ちょっとユカち！　出るとこ出るってどういう意味⁉　セクハラだよ‼」

「あたし何も言ってないんだけど⁉」

「もうやだ！　どうして私がこんなに苦しまなきゃいけないの⁉　私はいつも通り過ごしてただけなのに……‼」

机《つくえ》にぺちーん！　と拳《こぶし》を叩《たた》きつけるナナ。

「お前の情緒《じょうちょ》どうなってんだよ……」

「それもこれも全部昨日《きのう》の衝撃的な出来事のせいなの、ユカち」

「ああそう……」

「昨日の出来事……それが一体何か、聞きたい？　ユカち！」

「いや別にいいよ。どうせ体重増えてたんだろ？」

「……シノちゃんはどうかな⁉」

「かじゃて〜」

「そうだよね‼　聞きたいよね‼」

翻訳《ほんやく》アプリを開いていたユカはスマートフォンを見る。スペイン語で「黙《だま》れ」と書いてあったが見なかったことにした。

ナナが事の経緯《けいい》を明かしたのはその後のことだった。

「実は昨日体重を量《はか》ったら恐《おそ》ろしい事実が判明してね……」

「ああ」

「――２キロ太ってた」

「そう……」

やっぱ太ってただけじゃん……。呆《あき》れてため息を漏《も》らすユカ。対してナナは納得《なっとく》がいかない様子だった。

「おかしいよね？　私の清《きよ》く正しい私生活に太る要因なんてないはずなのに……」

「そうか……？」

「よく考えてみてよユカち！　だって私たちっていつも一緒《いっしょ》でしょ？　それなのに私だけ２キロも太るなんておかしくない⁉」

「そうかぁ……？」

普段の学校生活を思い返すユカ。

ある日の活動中。

『ナナ、お前さっきからお菓子《かし》食べ過ぎじゃね？』

作ったばかりのお菓子に手をつけ続けるナナにユカは怪訝《けげん》な顔を向ける。

『あははは！　だいじょーぶだよ！　私ってカロリーと仲良いから』

『何だその意味分かんない言い訳は』

ある日の帰り。

『なんかお前だけやたらと多くね？』

ファミレスに寄った三人に料理が運ばれてくる。軽いスナックやサラダだけを注文していたユカやシノと違い、ナナの前にはがっつり系のハンバーグが置かれている。

『いやぁ、私って胃《い》がアレでエネルギーの吸収《きゅうしゅう》がアレなんだよね～』

『何だその意味分かんない言い訳は』

ある日の登校中。

『何食ってんのお前』

ユカは隣を歩くナナを見る。

なぜかパンを咥《くわ》えていた。

『ユカち。ヒロインたるもの、パンを咥えて登校するのがスタンダードなんだよ』

『何だその意味分かんない言い訳は』

以上がここ最近のナナの食生活だった。

クッキーを食べながらナナは不思議《ふしぎ》そうに首を傾《かし》げる。

「太った原因がまったく分からない……」

「原因だらけだろ‼」

「ユカち。今は原因とかそういうのはどうでもいいの。分かる？」むんっ、と頰《ほお》を膨《ふく》らませて怒っているアピールをしてみせるナナ。「とにかく今の私にはダイエットが必要って話をしてるの。分かるかなー？」

「はあ……、まあ別に好きにすればいいんじゃねえの……？」

「ユカちも私が瘦《や》せてて可愛い方が嬉《うれ》しいでしょ？」

「クッキーうま」

「無視《むし》された⁉」

わーんひどい！　泣きながらナナはもう一枚クッキーを口に入れる。「あ、うま」

「ていうかダイエットするならまずクッキー食べるのやめたら？」

「…………」

「…………」

「これ食べ終わってからダイエットする‼」

「喫煙者《きつえんしゃ》みたいなこと言うな!!!」

あと一本吸ったらマジで禁煙《きんえん》するから。これが最後の一箱《ひとはこ》だから。などと言った三日後には「禁、煙……?」と記憶喪失《きおくそうしつ》みたいな反応をしながら紫煙《しえん》をくゆらせる喫煙者《カス》どもの姿が今のナナと重なって見えた。

「ふふふ。このナナちゃんがそんな人たちと同レベルなわけないじゃん。私やるって言ったらやる女だし? これ食べたらほんとにめちゃくちゃダイエットしちゃうんだから!」

ぱくぱくもぐもぐサクサクもきゅもきゅ。

クッキーを食べる手は普通に止まらない。

「………………」

こいつはダメだとユカは思った。

「シノ、お前からも何か言ってやれ」

小突《こづ》くユカ。シノはこくりと頷いて、一言だけ返した。

「マニャーナ〜」

「さっきから何なんだよそのリアクションは!!」

意味分かんねえんだけど!? 目を剝《む》くユカに、シノは真顔《まがお》を向けた。

「スペイン語で明日という意味よ」

「意味の方は聞いてねえよ!!」

▽

マニャーナ。

もといい翌日からナナのダイエット生活が幕《まく》を開けた。朝食の量はバナナ一本程度に抑《おさ》え、お弁当《べんとう》も野菜《やさい》中心のメニューに切り替えた。食べることを何よりの喜びとしていたナナの生活は初日から大きく変わった。

「大切なものってさ、失《うしな》ってから気づくことが多いよね……」

教室に着くなりナナは窓の外を眺《なが》めながらため息をこぼす。大切な人との別れを経《へ》た悲しみに浸《ひた》っていますみたいな雰囲気《ふんいき》がそこにはあった。

「ダイエットしてるだけで大袈裟《おおげさ》なやつだな……」HR前の空き時間でパンを放り込むユカ。

「じーっ……」

「……何だよ。言っとくけどあげないからな？　お前ダイエット中なんだし」

「いいなぁ……」

「あげないからな？」

「ほしいなぁ……」

「物欲しそうな目で見るな!!」

「あーあ！　ユカちはいいなー！　好きな時にパン食べられて！　私もほーしーいー!!」

やだやだやだ！　スーパーのお菓子コーナーでゴネる子供の如《ごと》し。

「ごねるな!!」

「ちょうだい!!」

「絶対にやだ」

「じゃあせめて味だけでも教えて!!」

「やだ――え、味? 味の感想なんて聞いてどうするんだよ」

パンを食べる手が止まる。ナナはユカの口とパンを交互にじーっと見つめながら、

「そんなの決まってるじゃん。パンを見て味を想像するんだよ……」

「それ余計虚《よけいむな》しくならないか?」

「ふっふっふ。ユカちさてはダイエット初心者? こういうのってね、空想の中で食べたりすることで心が満たされることもあるんだよ……」

「んなこと言って実際に味の感想聞いたらキレ出したりするんじゃねえの?」

「あっはっはっは! ユカち。私がそんな人間に見えるのかい? ん?」

「既《すで》にキャラブレブレじゃねえか!」

「ま、細かいことはいいから。早く私にパンの味を教えて!」

「はあ……、まあいいけど……」

ため息交じりにユカはパンをひとくち放り込む。手にしていたのはメロンパン。どんな風に表現すればいいだろうか。頭の中で思い描きながら咀嚼《そしゃく》する。

「えっと、まず味は甘くて――」

「ぐああああああああああああああああああああああっ!!!」

「早ぇよ!!!」

一言漏らしただけでもう色々とダメだった。その場に転がり悶《もだ》え苦しみ出すナナ。そのままころ転がりシノの席の足元で止まった。

「うっ、ううう……シノちゃんたしゅけて……。ユカちが私にいじわるする……」

死んだセミみたいな格好《かっこう》でナナはシノを見上げていた。

「………」

無表情で見下ろすシノ。

それから椅子《いす》を引き、ナナのそばに膝《ひざ》をついてから、手を差し伸べる。

「し、シノちゃ――」

ちなみに差し伸べていない方の手にはおにぎりが握《にぎ》られていた。

「……シノちゃん?」

なにそれ。

「しゃけおいしい」

「うわあああああああああっ!!!　ああああああああああああああ!!!」

耳をふさぐナナ。

コンビニおにぎり特有の香《こう》ばしい海苔《のり》の香りがナナの鼻腔《びこう》を刺激《しげき》する。ダイエット中のナナにとっては不意《ふい》打《う》ちでボディーブローを受けたようなものだった。結果再びその場でのたうち回った。

苦しむナナ。シノはそんな彼女を介抱《かいほう》した。

「ナナ、しっかりして」

「うぐ……し、シノちゃ――」

「コンビニおにぎり特有のぱりっとした海苔の中に包まれたしゃけ。ひとくち食べるごとにご飯《はん》の塩味と合わさってふんわりと紅鮭《べにしゃけ》の濃厚《のうこう》な味わいがほろほろと口の中でほどけて広がる」

「うぎゃあああああああああああああああああっ!!!」

詳細《しょうさい》なレビューを不意打ちで囁《ささや》かれてナナはその場で普通に死んだ。美味《おい》しそうだった。コンビニおにぎりは意外と紀州南高梅《きしゅうなんこううめ》が一番好きです。大体そんな感じのダイイングメッセージを書きながら息絶《いきた》えた。

「死ぬな死ぬな」

ぽこん、とナナの頭を叩くユカ。

「はっ。私は一体何を……」

蘇生《そせい》するナナ。死にやすく生き返りやすいし情緒《じょうちょ》が色々不安定。ダイエット中のナナは色々とフワフワしていた。

フワフワ?

「綿菓子《わたがし》とか食べたいな」

「急に何言ってんだお前」

「ダイエットが終わった暁《あかつき》には甘い物たくさん食べるんだ……」

「即《そく》リバウンドする未来が見えるな……」

先が思いやられる。ため息を漏らすユカ。

しかしこれはほんの始まりに過ぎなかった——。


授業後。

「はあ……はあ……」

ユカがふと視線を向けると、苦しそうに喘《あえ》いでいるナナの姿があった。急なダイエットで無理《むり》が祟《たた》ったのではないか。友人の突然の異変にユカは急いで駆け寄った。

「お、おい……大丈夫《だいじょうぶ》か？　ナナ」

「はあ……はあ……っ」

「ナナ、しっかりしろ！　すぐ人を呼んで——」

「ストップ」

「ん？」

ぴたりと二人の間で空気が止まる。見つめるユカ。むーっ、と分かりやすくむくれるナナの顔がそこにはあった。

「今は空気味わってるから放っておいて」

「何してんだよ!!!」

「ご飯食べられないからせめて呼吸だけでも味わっておこうと思って」

「お前どっかおかしいよ……」

授業が終わる度にはあはあ繰《く》り返すので何かヤバいことをやってるんじゃないかとクラス内で噂《うわさ》になった。


しかしダイエットによって色々限界に達《たっ》しているナナの奇行《きこう》は終わらない。


「ありがたや～……」

昼休み。

お弁当を机に置いて拝《おが》んでいるナナの姿がそこにはあった。

「とっとと食ったら……？」

「ユカち……ダイエットを始めたことで私、気づいちゃったんだよね……」

「何に」

「ご飯を毎日食べられることの有難《ありがた》さに……かな……」

妙《みょう》に爽《さわ》やかな顔だった。既にナナの奇行を見飽きているユカとシノをよそに、煩悩《ぼんのう》から解脱《げだつ》していますみたいな雰囲気を醸《かも》し出しながらナナは野菜たっぷりのお弁当を拝み続ける。

「ああ……聞こえる……！　野菜たちの声が私に聞こえる……！」

「やば」

「ナナチャン、僕タチヲ、イッパイ食ベテネ！（裏声《うらごえ》）」

「お前の声じゃん」

「美味シイヨ‼（裏声）」

「ていうかもうすぐ昼休み終わるぞ」

「エッ⁉（驚愕《きょうがく》）」

拝んでいたので気づかなかったのだろうか。ユカが眺めるスマートフォンは既に予鈴《よれい》の一分前を示していた。


――キーンコーン……


「あ終わったわ」

「アアアアアアアアアアアアアアッ⁉（断末魔《だんまつま》）」

その日、クラスメイトたちは五限が終わったあとに泣きながら弁当をかき込むナナの姿を見たという。


そうこうしているうちにナナたちは放課後《ほうかご》を迎えた。

しかし一日が終わったわけではない。

むしろナナにとっての苦しみはここからが本番と言っても差《さ》し支《つか》えない。

「お料理研究《りょうりけんきゅう》、同好会《どうこうかい》……」

ナナは親の仇《かたき》のような顔で家庭科室を睨《にら》んだ。ダイエット中の今の彼女にとってはお料理研究同好会の活動拠点は誘惑《ゆうわく》だらけ。まるで銃弾《じゅうだん》飛び交う戦場に丸腰《まるごし》で臨むようなものだった。

「ついにここまで来ちゃったね……！」

「別に活動休んでもよかったんだぞ」

大変《たいへん》だろ、とユカ。

シノとメイは用事があるため本日の活動は欠席《けっせき》。二人しかいないのだから無理に活動をする必要もない。

「ユカち。どんなことがあっても普段と同じ生活を送る……。それがダイエットせし者に課せられた使命なんだよ」

でも今日のお前奇行ばっかだったじゃんと思いながらユカは「そうなんだ」と頷いた。大人の対応。

ナナはむふんと胸を張った。

「というわけだからユカち。私に遠慮《えんりょ》しないでバンバン料理作っちゃっていいよ！」

「んなこと言って朝みたいに大声出したりするんじゃねえの？」

「あっはっはっは！　ユカち。二度も同じリアクションをするほど私も落ちぶれちゃいないさ！」

「既に今朝みたいにキャラがブレてきてるぞ」

「ていうか今は五限の後にお昼食べたこともあってちょっと元気なの」えへんと胸を張るナナ。「ってことで予定通り活動しちゃって！　確か今日は動画撮影《さつえい》の予行演習だったよね？」

「ああ……ま、そうだな」

んじゃ遠慮なく、と頷く。

ユカはそれから慣れた手つきで調理器具と食材を準備した。今度の動画で作る予定なのはカップラーメン。

普通のカップラーメンにトッピングを追加していつも以上に美味しく食べちゃおう♡　というナナが掲《かか》げたコンセプトのもと制作をする。

「じゃあまずはお湯を注《そそ》いで――」

「いやあああああああああああああああああああっ!!」

「だと思ったよ!!!」

もはやお湯を注ぐ前から既に「こいつ絶対叫ぶわ」とすら思っていたし案《あん》の定《じょう》だった。フリが丁寧《ていねい》過ぎる。

「やだやだやだー!!　何でこんな日に限ってすぐにいい匂《にお》いがするカップラーメンなの!?」

「前のお前がその場のノリで決めたからだろ」

「うう……食べたいよう……」

「頑張《がんば》って我慢《がまん》しな」

「こんな状態で3分も待たなきゃいけないなんて辛《つら》すぎる……」

「何でお前が食べることになってんだよ!?」

「もうダメ！　我慢できないもん！　私にラーメンちょうだい!!」

お湯が注がれたラーメンに手を伸ばすナナ。ユカはすかさずテーブルから奪《うば》い取って頭上に掲げる。

「ダメ」

首を振る様子は子供からおもちゃを没収《ぼっしゅう》するお母さんさながらだった。

「あああー‼　ユカちのいじわる‼」

「ここでラーメン食べたらこれまでの頑張りが水《みず》の泡《あわ》だろ。だからダメ」

「ひどいよママぁ……」

「誰がママだ‼」

「ひとくちでいいからぁ……」

瞳《ひとみ》を潤《うる》ませながら上目遣《うわめづか》い。子供のように可愛《かわい》らしい表情を浮かべるナナだったが、ユカは頑《がん》として「ダメ、絶対」と譲《ゆず》らなかった。

しかし匂いをかいだ瞬間からナナの五感は既にラーメンを食べる準備を始めていた。口の中はラーメンの味になっていたし、匂いはラーメンの種類をかぎ分けることに特化した。

「⁉　あれ？　ラーメンの声が聞こえるなぁ……」

そして耳はラーメンの呼び声を聞き取った。

「何言ってんだお前」

「ユカちも聞こえない？　ラーメンちゃんが私を呼んでる声が……」瞳を閉ざして耳を澄《す》ますナナ。

「三分経《た》ってないけどもう食べちゃおうかな」ユカは無視してフタを取った。

「ナナチャン！　ナナチャン！（裏声）」

「もう食えるじゃん」

「ワタシヲ食ベテ！（裏声）」

「トッピング足すか」

「ワタシ、ナナチャンニ、食ベテホシイナ！（裏声）」

「よし。食うか」

「というわけでユカち！　ラーメンちゃんは私が食べ――」

「え？」ずるずるずる。

「ピャアアアアアアアアアアアアアアッ!?（断末魔）」

自身が食べるはずだったラーメンは既にユカの口の中。「ナナチャン……ドウシテ……？（遺言《ゆいごん》）」

という声が聞こえたかどうかはさておきナナはその場で普通に絶命した。

「また死んだ」

「ひ、ひとくちぃ……ひとくちだけでいいからちょうだいよぉ……」

「あ、生き返った」

ユカがずるずると麺《めん》を啜《すす》る合間にナナはその体をずるずる這《は》い上がらせてお腹の辺りに抱きつく。

「ひとくちぃ……」新種の妖怪《ようかい》みたいだった。

「ダメダメ。お前、ダイエット中だろ」

「そこをなんとかぁ……。もう我慢できないよぉ……」

「だーめ。我慢しなさい」

「ママぁ……」

「だから誰がママだ‼」

「ちょうだいよぉ……」

駄々をこねるナナ。

別にナナの前でラーメンを食べているだけだったが、抱きついているナナのセリフと表情には妙ないかがわしさがあった。こんなところを他人に見られたら誤解《ごかい》を招《まね》くかもしれない。急いでずるずる啜るユカ。

「なにこれ」

見られた。

家庭科室に突如《とつじょ》現れたのはシノだった。

「し、シノ!?」

今日は休みのはずでは……!?

目を見開くユカ。その真下《ました》では「うう……欲しいよぉ……ユカちぃ……」と懇願《こんがん》するナナの姿があり、普通の状況ではないことだけは明らかだった。

「よく考えたら用事があるのは明日だったの」

シノは端的《たんてき》に答えたのちに首を傾げる。「それでこの有様はなに?」

「ユカちがくれないの……」

「変な言い方するな!!!」

しかしシノは「なるほど」と頷いていた。

「そういうプレイということね」

「お前も変な解釈するな!!!」

「エキサイティングな状況だわ」ぱしゃぱしゃと撮影するシノ。

「撮《と》るなや!!!」

「ジャーナリストとしてこの写真は拡散《かくさん》する義務がある」

真顔のままシノはスマートフォンを仕舞《しま》い、そのまま逃げる。鮮《あざ》やかな去《さ》り際《ぎわ》だった。

「させるか!!」

ラーメンを置いて、ナナを振り解《ほど》いてユカは走る。

「あーっ!! 待ってえええええっ!!」

そして突然放り出されたナナもまたユカを追いかけた。

こうして、お料理研究同好会の面々《めんめん》はわけも分からず廊下《ろうか》を疾走《しっそう》した。

すれ違う教師からは「走るなよー」と軽く注意され、三人は笑いあう。何か青春っぽいなぁと思いながら学校中を回り、家庭科室に再び戻った頃にはラーメンはすっかり伸び切っていた。

「カロリー消費したから食べてもいいよね!!」

ずるずるずると躊躇《ちゅうちょ》なくナナは食べる。

「美味《うま》っ!!!」

運動したんだから実質カロリープラマイゼロ。大義名分《たいぎめいぶん》を得て啜ったラーメンはこの世のものとは思えないほど美味かった。

ナナは「ふええ」と泣いた。

「……ていうか最初から運動した方が効率《こうりつ》よかったんじゃないか？」

「ちなみにカップラーメン一つに含まれるカロリーはおおよそ３００キロカロリー」

「ほぉん」シノに頷くユカ。意外。結構高い。

「ちなみにさっき校内で走り回った時間はおおよそ２分」

「おお」

「消費カロリーは大体20キロカロリーくらい」

「全然足りてねえじゃん!!!」

むしろ大幅にオーバーすらしていたがナナは聞こえなかったことにした。

（まあ明日から本気出せばいっか!!!）

「お前今、明日から本気出せばいっかって思ってたろ」

「ナンノコト……？（記憶喪失）」

こうして麺をずるずるしながらナナはダイエット開始の日程をずるずると先延《の》ばしにしていった。麺だけに。

結局何日経ってもナナは「ダイエッ、ト……？」などと記憶喪失みたいな反応をしながらクッキーを頬ばるばかりだったので、後日ユカが強制的に走らせてダイエットを敢行《かんこう》させることになった。

その後数週間にわたって近所の河原でユカのチャリに追い回されて走るナナを多くの生徒が目撃した。

第三章 ＊ 初心者でも簡単!! 簡単なお料理講座

FIVE SECONDS LEFT UNTIL NANA STIRS UP TROUBLE.

家庭科室のキッチンで女子高生二人がお辞儀《じぎ》した。

「こんにちは！　ナナとシノのお料理教室へようこそ！」

「もーにん」

ナナとシノのお料理教室。

それはナナたちが所属《しょぞく》するお料理研究同好会《りょうりけんきゅうどうこうかい》の活動記録。初心者でも簡単《かんたん》に料理を作れるように女子高生が解説する動画が主であり、料理ビギナーと女子高生という単語に敏感《びんかん》な成人男性に一定の需要《じゅよう》とそこそこの人気がある。

ユカがカメラを回す向こうでナナとシノは今日も軽快《けいかい》に言葉を交わしていた。

「シノちゃん、今日のお料理はなにかな？」

「今日はお料理全般《ぜんぱん》の講座《こうざ》。色々と作る。なんでも作れる」

「わあすごい」

「ところでナナの好きな料理は何？」

「えー？　なになにー？　私の好きな料理を作ってくれるの～？　シノちゃんったら私のこと好きすぎー♡」

「………」

「ハンバーガーが好きです」

「じゃあハンバーガーを作りましょう」

真顔《まがお》で頷《うなず》くシノ。その目はまさに料理人。それからシノはかまぼこみたいな形のコントローラーを一つナナに手渡した。

「なにこれ」

「じゃあハンバーガーを作るステージを選択するから」

「ステージ……？」

かちかちと慣《な》れた手つきでナナに手渡したものと同じコントローラーを操作するシノ。目の前に置かれたディスプレイからは妙《みょう》に陽気《ようき》な音楽が流れ始める。

「それでハンバーガーの作り方なんだけど」

「うん」

「まず木箱《きばこ》から肉を取り出して」

「木箱……？」

「それをまな板《いた》に置いて、ボタンを長押ししたらひき肉が作れるわ」

「ボタン……？」

「あとはレタスやトマトのトッピングを注文に合わせてカットしてからバンズに挟《はさ》んで。それに牛肉を加えればハンバーガーの完成よ」

「……ところでこれは今何してるの？」

「オーバー◯ック」

「ゲームじゃん!!」

かまぼこっぽいコントローラーをテーブルに置くナナ。

目の前の小さな液晶画面からは相変わらず陽気な音楽が流れており、迫り来るタイムリミットを急かすようにテンポアップしていた。

制限時間内に注文に合わせたお料理を提供《ていきょう》するタイプのゲームだった。

「これなら何でも作れる」

「真顔で何言ってるの⁉」

「ナナ。私たちの活動目的は料理に対するハードルを下げること、でしょう？」

「これ料理じゃないよ!!!」

「このゲームをクリアしたとき、私たちは少しだけ料理上手になれるの」

真面目《まじめ》な顔でシノが語る最中、プレイしていたステージがタイムリミットを迎える。メニュー画面へと戻されるナナたち。

「……あれ？」

目を凝《こ》らすナナ。

よく見れば全ステージ解放済みだった。

「シノちゃん」

「何」

「ちなみにこのゲームどこまでやり込んだの？」

「もうＤＬＣ含めて全クリしてる」

「なるほどね」

「ええ」

「じゃあ料理は上手になった？」

尋《たず》ねるナナにシノは真顔で答える。

「なるわけないじゃない」

「意味分かんないよ‼」

シノは露骨に呆《あき》れた。

「ゲームをやるだけでお料理が上手《うま》くなると思ったら大間違《おおまちが》いよ、ナナ」

「ひょっとしてシノちゃんは自分の発言を忘れちゃうタイプの子なの？」


とはいえナナたちの動画はただのゲーム配信ではない。初心者でも簡単にお料理ができること――それがいつもの動画のコンセプトである。

「今のままじゃダメだな」

カメラを回していたユカが画角《がかく》に入り込んできて腕《うで》を組みながら言った。「このままじゃ動画になんかできねえぞ」

真《ま》っ当《とう》な意見だぁ――ナナは味方がいることに若干《じゃっかん》感動した。

「そうだよね！　これじゃ動画になんないよね！」

「ああ。尺《しゃく》が足りねえ」

「そっちの話なんだ――」

尺とかそういう問題じゃないじゃん――。

神に見放されたような気分だった。

「ということで尺を埋《う》めるためにもうちょっと企画を続けよう。今度はちゃんと料理に関する内容でな」

「！」

神はナナを見捨ててはいなかった！

ユカを見上げるナナ。窓から差し込む陽《ひ》の光。まるでユカに後光《ごこう》が差しているかのようにも見えた。ひょっとして神様ですか？

ユカはここぞとばかりに優《やさ》しく笑みを浮かべる。

「ところでナナ、料理をする前に大事なことが一つあるんだが、何だと思う？」

「えっと……何だろ……、レシピをちゃんと確認すること、とか？」

「ふふっ。違《ちが》うよ。大事な食材をきちんと調達《ちょうたつ》すること、だろ？」

「ユカち……！」

発言がまとも……！

隣《となり》でコントローラー二つを液晶画面の横にすちゃっとハメているシノに爪《つめ》の垢《あか》を煎《せん》じて飲ませてあげたいレベルだった。

それからユカは流れるような動作でバッグから携帯ゲーム機を取り出した。

「ユカち？」

「お前も出せよ」

「え？　え？　なにゆえ？」

戸惑《とまど》いながらナナも自身の携帯ゲーム機を取り出す羽目《はめ》になった。これ一体何の時間なんですか？　ナナが首を傾《かし》げる横でユカは慣れた手つきで操作する。

なんとなく和風テイストなＢＧＭが家庭科室に響《ひび》き渡る――。

「じゃああたしクエスト受注しといたから」

「クエスト？」

「お前ら団子《だんご》ちゃんと食っとけよ」

「団子？」

首を傾げるナナの横でシノは無言《むごん》で頷き画面を見つめる。物々《ものもの》しい武器《ぶき》を背負《せお》った女性キャラクターが画面内をうろついていた。

「ねえユカち」

「どした？」

「一応聞きたいんだけどさ」

「うん」

「何してんのこれ？」

「モン○ン」

「料理じゃないじゃん!!!」

「おめーも早く集会所《しゅうかいじょ》入れや」

「ゲーム起動《きどう》すらしてないんですけど!!」

状況を理解してようやく携帯ゲーム機をスリープモードから復帰させるナナ。突《つ》っ込《こ》みながらもゲームはやる。「ていうかこれのどこが食材の調達なの!?」

「おいおい。さっきも言ったろ？」

ここぞとばかりにユカは得意げな顔で笑う。

その上で言った。

「料理をする前に大事なことは、食材をきちんと調達すること――だろ？」

「意味が全然違うよ!!」

「でもモンスターによっては霜降《しもふ》りとか獲《と》れるし実質料理みたいなもんだろ」

「武器と防具《ぼうぐ》の素材《そざい》にしかならないんですけど!!」

「そう――あたしたちはそうやって素材を集めて新たな武器や防具を手に入れていくことで道を極めていくんだよ……」

「ゲームやる言い訳にしか聞こえないよ……!!」

「とりあえず動画の残りの尺は全部これで済《す》ませるから」

「お料理講座の動画なのに……」

肩《かた》を落とすナナ。その横でシノはゲーム内で肉を焼いていた。

「上手《じょうず》に焼けました」

「よし！　料理要素はこれで満たしたな！」

「雑《ざつ》すぎる!!」

半《なか》ば強引《ごういん》に料理っぽい要素を加えたあと、三人でフ◯フルを狩った。霜降りが出たので「おいおい料理要素がまた出ちまったなぁ」と満足げな顔でユカは呟《つぶや》いた。


こうして三人がゲームしている模様《もよう》をひたすら映しているだけの動画が新たに作成された。

「さすがにこれ需要ないんじゃないの」

その場のノリに流されてナナもゲームをした一人だったが、完成した動画を見る頃にはそこそこ冷静になっていた。

対して動画制作者のユカは首を振る。

「分かってねえな。女子高生がわいわいしてるだけの動画もたまにはいいんだよ」

「でもこれ普段以上にお料理やってないよ。お料理研究同好会なのに。ゲームしてるだけだよ」

「大丈夫。こういうのも需要あるから」

「でもこういうおふざけ系の動画はあんまりしない方がいいと思いまーす！」

ぷんぷんと頬《ほお》を膨《ふく》らませるナナ。

真面目に料理の勉強がしたい視聴者は今回の動画を残念に思うのではないだろうか。きっとそうに違いない。ちょっとした不安を抱くナナをよそにユカは「大丈夫だって」と動画を公開する。

すぐに動画の再生数は伸び、翌日《よくじつ》にはコメントが多数ついていた。

『ナナちゃん可愛《かわい》い！』

『このチャンネルは他と違って料理だけじゃなくて可愛い女子高生がわいわいしてるところを見られるから好き』

『ナナちゃんと付き合うにはどうしたらいいですか？』

需要あった。

『ナナちゃんが一番女子高生っぽくて好き』

『まともなのナナちゃんだけで笑った』

そして一番露出《ろしゅつ》の多かったナナに対して触れるコメントがいつも以上に多かった。

なるほど！

ナナはコメントを眺《なが》めながらふむんと満足げに頷く。

「今後もこういう動画は定期的にやっていくべきだと思う」

「おめえ自分の発言忘れるタイプの女か？」

第四章 ＊ 魔王様のデスゲーム

暗い部屋の中、モニターを眺《なが》めながら魔王《まおう》はにやりと笑《え》みを浮かべた。

「ククク……」

最近ちょくちょく日本に来ているせいで本来の目的を彼女自身忘れそうになることがあるが、元々彼女が異世界《いせかい》まで足を運ぶようになったのは侵略《しんりゃく》のためである。

わらわは本来、こういうことがやりたかったのじゃ――と足を組みながら、彼女は画面を見つめる。

そこには二畳程度の部屋に閉じ込められた哀《あわ》れな男の姿があった。

男の名は康太《こうた》。

ちょうど目を覚ましたところらしい――ベッドから這《は》い出ると、康太は辺りを見回した。部屋に灯《とも》った光源《こうげん》は、室内に用意されたモニターだけ。

画面は別室で康太を眺めている魔王を映し出している。

やがて康太がこちらに気づく。画面越しに魔王と目が合った。

「お目覚めのようじゃなぁ……？　おぬし」

不気味《ぶきみ》な笑みを浮かべる魔王。

――かたかたかた。

理解できない事態を前に、康太が震《ふる》える。

「ははは！　そう怖《こわ》がるな。まだ何もしておらんじゃろう」魔王が語る言葉はすべて、康太がいる部屋のスピーカーに届けられている。

画面を見つめる魔王。

康太はいまいち聞いているのか聞いていないのかはっきりしない微妙《びみょう》な顔をしていた。魔王は近くにいたシノに「音量調整おねがい」と頼んだ。

シノは静かにマウスを操作して音量を上げてあげた。

「……おぬしにはこれからわらわが考案《こうあん》したゲームに参加してもらう！　ルールは簡単。制限時間以内にその一室の謎《なぞ》を解き、扉《とびら》から出る――ただそれだけじゃ。見事成功すればおぬしには褒美《ほうび》をやろう。ただし失敗した場合は……そのときは、おぬしにきついお仕《し》置《お》きが待っておる。つまりこれはおぬし自身の尊厳《そんげん》をかけたゲームというわけじゃ」

つまり、デスゲーム。

地球の住民をまるで遊び道具のように弄《もてあそ》ぶ様はまさしく異世界を統《す》べる魔王の名にふさわしい。

「ククク……」

再びにやりと笑う魔王。

魔王がこの悪行《あくぎょう》を思い立ったのは、わずか三日前のことである。

「愚民《ぐみん》どもー？　何を見ておるのじゃー？」

それはいつものようにノリで異世界から飛んできて、近所のガキどもと公園で遊んでいた時のことだった。

近所のガキのうち数人が、ベンチに並んで小さな板をじっと眺めている。日本に来てから度々《たびたび》見かけるが、それが何なのかはよく知らなかった。

「その板、何なんじゃ？」

顔を上げた少年たちは不思議そうな顔をしていた。

「はー？　魔王のねーちゃん知らねえの？　スマホだよスマホ」

「スマホって何じゃ？」

すると不思議そうな表情が一層《いっそう》濃《こ》くなった。何で知らねーの？　と仲間同士で首を傾《かし》げあう。

知っていて当然の代物《しろもの》らしい。やがて少年たちの間で「この巨乳《きょにゅう》のねーちゃんはスマホも知らないくらい貧乏《びんぼう》な人なんだ」という結論に落ち着いた。こういうのだよ、と今しがた見ていた画面をこちらに向けてくれた。クソガキたちは自分よりも下の相手には優しかった。

「……この、絵がいっぱい描《えが》いてあるのは何なんじゃ？」

魔王はむむむと前屈《まえかが》みになった。

「マンガだよ」

クソガキたちは魔王の胸に話しかけていた。

「マンガ……って何じゃ？」

まるで子供のように色々と尋《たず》ねる魔王。クソガキたちは懇切丁寧《こんせつていねい》に教えてあげた。マンガとはざっくりいうと絵で描かれた物語。

「それで、今読んでいるのはどんな物語なのじゃ？」

説明するよりも実際に読ませるほうが早いだろうとクソガキたちは思い至り、魔王にスマホを手渡した。操作方法が分からない魔王にタップの仕方《しかた》から教えてあげた。老人《ろうじん》に最新機器の操作方法を教えるが如《ごと》し。

「ほっほぉ～う？　おぬしらなかなか過激《かげき》なものを読んどるようじゃのう」

クソガキたちはませていた。

読んでいたマンガのジャンルはデスゲームもの。

「ちなみにデスゲームものっていうのは、登場人物が死を伴《ともな》う危険《きけん》なゲームに巻き込まれる様相《ようそう》を描く作品、および劇中《げきちゅう》で描かれる架空《かくう》のゲームのことを指すんだよ」

「おぬし詳《くわ》しいのう」

「Ｗｉｋｉで読んだ」

スマホを得意げに掲《かか》げるクソガキの一人。大学生になったらレポートにＷｉｋｉの内容をそのまま引用《いんよう》する兆候《ちょうこう》が小学生の段階《だんかい》から現れている。

「なんかよく分からんがなるほどのぅ」

ふむふむと頷《うなず》きながら魔王はデスゲームもののマンガを読んだ。

読み込んだ。

「おもしろ！」

ハマった。

そして翌日。

「ということでわらわデスゲームをやることにしたのじゃ」

学校帰りのシノを捕まえて宣言する魔王。

「そう」

「おぬしにはわらわの助手《じょしゅ》をやってもらうぞ！」

「頑張《がんば》って」

ノリノリの魔王に反してシノは興味皆無《きょうみかいむ》だった。そもそもデスゲームなど現実世界で開催《かいさい》できるはずもない。

生死を分けるような大掛かりな仕掛けを作るのに一体どれほどの時間がかかるというのだろうか。コスパが悪い。研究者としてデスゲームに興味はあるが、作業を手伝えというのならばお断りだった。

「ちなみにデスゲームの仕掛けはぜんぶわらわが作るぞ」

「やるわ」

「よし‼」

こうして魔王とシノは手を取りあった。

シノがデスゲームの会場として選んだのは街外れの廃工場。モニターなどの電子機器の接続はシノが行い、先述通り仕掛けは魔王が作った。

「できたのじゃ」

即完成した。

魔王は異世界の魔王なので特殊な仕掛けとかそういうのが得意だった。

「わらわ昔は魔王城に来る人間どもを撃退《げきたい》するために魔王城をＤＩＹでこちょこちょしてたことがあるのじゃ」

「そうなの」

ちなみに魔王が作った仕掛けに生死を分けるような危険なものはない。それってデスゲームというの、とシノが尋ねると、魔王は「ゲームで死んだらかわいそうじゃろ！」とまともなことをのたまった。デスゲームとは？

「というわけだからおぬし、被験者となる者をここまで連れてくるのじゃ！」

「ターゲットはどんなのがいいの」

「そうじゃなぁ……」

魔王は特徴を羅列《られつ》する。

できれば成人。

なんか騙《だま》されやすそうで馬鹿《ばか》っぽい。

臆病《おくびょう》だと尚《なお》よし。

半日くらい連れ去っても特に文句《もんく》を言わなそうな者。

金で買収できそうなやつ。

以上。

「分かったわ」

大して難しい条件でもない。首肯《しゅこう》したのちシノは街に出て被験者を探す。選ばれたのは康太でした。

モニターの向こうにいる哀れな被験者を魔王は見下ろす。

確かにそれは魔王が挙げた特徴通りの相手に見えた。

かたかたかたかた——作られた檻《おり》の中で、震える音が、鳴り響く。

「さあ、ゲームを始めるのじゃ……！」

決めゼリフを宣言する魔王。最高にキマったと思った。しかし康太が指示に従うことはない。それよりも恐怖が優《まさ》っているのだろうか——かたかたかた、依然として震えるばかりだった。

「……おぬしー？」

聞こえてないのかな？

魔王はマイクをトントンと叩《たた》く。

康太は反応を示さない。

「……あのうー？」

かたかたかた——。

「ちょっと……」

かたかたかたかたかた——！

震える音は止まらない！

「ちょっと待って」

魔王はマイクを切った。「助手ー？」

「なに」

そばでスタンバイしていたシノは不思議そうに首を傾げる。何か異常でも？　と言いたげな顔だった。

魔王はモニターの中で震えている康太をちょんと指差す。

「おぬしさぁ、あれ何？」

指し示す先を見つめるシノ。

シノは答えた。

「ハムスター」

「だよね!!!」

魔王はキレた。

二畳《にじょう》の無駄《むだ》に広い密室の中でハムスターが回し車をかたかたやっていたからである。

「わらわおぬしにちゃんと被験者の要望伝えたじゃろ!!」

「選ばれたのはハムスターでした」

「やかましいわい!!」

「ちなみに康太くんはペットショップで売られていたジャンガリアンハムスター。生後二ヶ月」

「わらわの要望と全然違うじゃろ!!　あれのどこが成人なんじゃ!!」

「ハムスターは生後二ヶ月で人間の成人年齢に相当する」

「そういう話じゃないわい‼」

「売れ残りの子だったから割り引きしてもらえた」

「聞いとらんわ‼」

「でもちゃんと臆病よ。今も密室の中でかたかた震えてる」

「あれ回し車で運動しとるだけじゃろ‼」

吠《ほ》える魔王。「こんな状況でデスゲームなんて開けるわけないじゃろが‼　ハムスターにどうやって謎解きさせればいいんじゃ‼」

「わがまま」

「絶対そんなことないじゃろ‼」

「人間を連れてきてほしかったら最初からそう言って」

「言わなきゃダメなのか……？」

結局その日のデスゲームは失敗に終わった。

ハムスターの康太くんは魔王が飼うことにした。健気《けなげ》にかたかたする姿にちょっときゅんとしたからである。


数日後。

魔王は暗い部屋の中でモニターを見下ろし、にやりと笑う。

「ククク……お目覚めのようじゃな……」

画面の向こうではちょうど男が目を覚ましたところだった。

辺りを見回し、表情は困惑《こんわく》に染まる。そんな様子を眺めながら魔王は一層笑う。

「クククク……」

あ、今度はちゃんと人間だぁ……。

と呟《つぶや》く声はモニター越しにも流れたが、男がその言葉の意味を理解することはなかった。それよりも自身が置かれた状況に対する戸惑《とまど》いと疑問が彼の頭を支配していた。

街を歩いていたら突然メガネの女子高生から声をかけられ、頷いてみれば変な場所に閉じ込められ、そして小さなモニターの向こうで変なコスプレをした女が笑っている――。

意味が分からない。

冷静さを取り戻してゆくと同時に男の胸の内に怒《いか》りが込み上げる。

やがて男は、モニターの向こうで笑う彼女を睨《にら》みながら叫《さけ》んだ。

『คุณคือใคร』

「ちょっと待って」

魔王はシノを呼んだ。

すぐ来た。

「なに」

またしても不服そうな表情を浮かべるシノだった。

「あれ何」

『ที่นี่ที่ไหน』

「タイ人」

「タイ人ってなに」

「外国の人」

「おぬしが喋《しゃべ》ってる言語は通じるの」

「通じないわ」

「なるほどね」

魔王は頷く。

『ปล่อยเลย!』

「……いやちゃんと言葉通じるやつ連れてこんかい!!!」

『กลับไปหาครอบครัวทันที!』

「あと何かさっきからめちゃくちゃキレとるんじゃが⁉」

「家族旅行で日本に遊びにきていたところを呼び出したので、予定が崩れてお怒りみたい」

「そんなやつを呼ぶな！」

『ฉันจะไม่ยกโทษให้คุณที่ทำร้ายฉัน!』

タイ人男性は画面の向こうの魔王に対して声を荒《あら》らげる。表情から見ても罵倒《ばとう》の限りを尽くしていることは明白である。明白であるが正直何を言っているのかさっぱり分からなかった。

「異世界の人間なら外国の言語とか翻訳《ほんやく》できないの」

「初見《しょけん》じゃ無理じゃ」

魔王が異世界からこちらの世界に飛ぶ際には現地の公用語しか自動翻訳できない。外国語となるとさっぱり分からないのだ。簡単に言うとShift - JISしか対応してないようなもんである。

『ฉันจะไม่มีวันให้อภัยคนเลวอย่างคุณ』

こちらの指示が一切通じないのであればデスゲームなど到底成り立つはずもなかった。

「ちょっと頼むよおぬしぃ～、そういうのってさぁ、なんか言わんでも分かるじゃろ？」

「言わなくても分かるだろうと指示を怠《おこた》るのは教える側の怠慢《たいまん》。こうして日本の教育レベルは下がっていくのよ」

『สักวันคุณจะถูกลงโทษ』

「ほら、タイ人もこう言ってる」

「さっぱり分からんのじゃが⁉」

ともあれ言語が通じなければどうしようもないので、魔王はタイ人男性を解放することにした。キレながら『น่าเกลียด』と言われたがちょっとよく分からなかったので魔王は曖昧《あいまい》に笑って手を振った。魔王はそこそこまともだった。

それから魔王はシノに改めて被験者の要望を伝えた。三度目の正直。

「よいか？　おぬし。わらわが求めるのは、とっくに成人している人間。……人間って言ってもアレじゃからな？　タイ人とかはダメじゃからな？　おぬしと意思疎通できる人間じゃ！」

「ええ」

「そして人間の中でもちょっと馬鹿っぽいやつがよい。騙してもパンでもくれてやれば許してくれそうじゃからな」

「ふうん」

「それから半日くらい連れ去っても何も文句を言われそうにないくらい暇そうにしてるやつがよい。連れ去ることで周りに迷惑がかかると大変じゃからな」

「なるほど」

大体把握《はあく》した。

シノは魔王がまとめた特徴をメモした。メモを取ることで指示を忘れないようにする。まるで出来る社会人のようだ。最初からそれやれよと魔王は思ったが口にはしなかった。魔王は大人だった。

「これさえ覚えておけば十分だわ。明日は完璧な被験者を連れてきてあげるから期待して」

得意げな顔でシノはのたまった。


その翌日のことである。

「どう？」

シノはモニターを見つめる魔王に対し、得意げな表情を浮かべていた。「今回こそ完璧だわ」

用意された二畳の密室。

その中にいるのはまさに魔王が述《の》べた特徴通りの人間。

シノと意思疎通《いしそつう》ができて、人間の中でもちょっと馬鹿っぽくて、半日くらい連れ去っても文句を言われそうにない人物。

今回のデスゲームの被験者はまさにその特徴に完璧に合致《がっち》する人物だった。

三人目の被験者に選ばれた哀れな人物は、狭い一室の中からモニターを見上げて、叫ぶ──！

『わらわじゃん!!!』

魔王だった。

「一番それっぽかったから」

『傷《きず》つくこと言うな!!』

「そもそも半日も連れ去って文句を言わない人間を探すのは困難《こんなん》だわ。社会人は忙しいから迷惑がかかるし、学生だったら保護者の許可を取るのが大変だもの」

『今更根本的なところを突《つ》っ込《こ》むな!!』

「さあ、ゲームを始めなさい」

『キメ顔をするな!!』

「せっかくだから解いて出てきて」

『これ作ったのわらわなんじゃが……？』

とはいえ結局魔王は自ら作り出した仕掛けを自身で解く羽目《はめ》になった。自作自演。そして当然のように普通に仕掛けを全部クリアした。

言い換えよう。

生死を分けるような危険なゲームを彼女は見事打ち破ったのである――。

「……いや何の達成感もないわ!!」

デモプレイさせられているような気分だった。普通に疲《つか》れただけだった。モニタールームで様子を観察していたシノのもとまで突撃《とつげき》する魔王。

シノは「早かったわね」と頷くと、懐《ふところ》からある物を取り出し、魔王に手渡した。

「これあげる」

それはゲームクリアの報酬。

「なにこれ」

「パン」

「え？　いいの？　わぁーい」

魔王はちょろかった。

結局その日はパンを二人でもぐもぐしたのち解散《かいさん》となった。それから魔王がデスゲームをやりたいと言い出すことはなくなった。ゲームを一度クリアした途端《とたん》、なんか興味が失《う》せたのである。魔王はちょっと飽《あ》き性《しょう》だった。

それから数日後に廃工場で奇妙《きみょう》な仕掛けが発見されたが、シノと魔王は素知《そし》らぬ顔をした。

第五章 【急募！】みんなのデート服、ツバキに見せて！【花鉢ツバキ】

自室でユカは静かに焦《あせ》っていた。

「やべえ……」

見つめる先にはメールの受信トレイ。案件の連絡先として、もしくは動画の企画で視聴者からの質問やコメントを集める際に利用しているものである。

ざっと流し見しながら、ユカは再び呟《つぶや》く。

「マジでやべえ……」

そして分かりやすく頭を抱《かか》えた。


話は三日前に遡《さかのぼ》る。

今日と同じように自室のデスクに座っていたユカは、しかし今日とはまるで異なる人間になりきっていた。

「メガネスキーさんありがとー♡　ハチさんありがとー♡　ゴミクズさんありがとー♡」

可愛《かわい》らしいフォントで綴《つづ》られた『スパチャ読み中♡』の文字の横で絵がうにょうにょしている。

花鉢《はなばち》ツバキ。

それは個人で活動しているVTuberであり、ユカが配信活動をする際に被《かぶ》っているもう一つの顔。

その日、ツバキはいつものように配信内で有料コメント（スーパーチャット）を投稿してくれた視聴者一人ひとりの名前を読み上げながら雑談《ざつだん》をしていた。

その最中のことである。

「あ、そういえば皆って普段はどんな服着てるの〜？　ツバキ気になるなぁ」

彼女は思いつきでそんな質問を視聴者たちに投げかけていた。意図《いと》があったわけでもトークを膨《ふく》らませる気があったわけでもなく、完全にただなんとなく聞いてみただけだったが、視聴者たちの反応は思った以上に多種多様なものだった。

『ツバ子の服も気になるなー？』『うんうん』『服を買いにいく服がない』『うんうん』『配信で見てみるとか？』『ツバ子はめっちゃオシャレそう』『ツバ子にファッション見てほしいなー』

流れるコメントを眺《なが》めながらユカはふと、

（そういえば前に他のVTuberが視聴者の私服見る配信とかやってたなぁ）

と思った。

（アレあたしもやりてぇな）

とも思った。

というわけで。

「ねえねえ！　今度の土曜日、みんなのデート服を見る配信してみない？　ツバキとデートすると思って、おしゃれな服を着てきてよっ！」

えへへと笑うツバキ。

それからとんとん拍子《びょうし》で企画の詳細が定まってゆく。花鉢ツバキのＳＮＳアカウントに記載《きさい》してあるメールアドレスまでデート服の画像を視聴者が送り、土曜日の夜にツバキが配信内で紹介する手筈《てはず》となった。

（ま、あたしくらいの登録者ならみんな色々画像送りまくってくれるだろ！）

へへへとにやける花鉢ツバキの中の人。

以上が今回の事の発端《ほったん》である。

そして今日。

土曜日。

時刻は昼間。

頭を抱えてユカはディスプレイと向き合う。

目を逸《そ》らしたくなるような光景《こうけい》がそこにはある。

配信を数時間後に控《ひか》えたユカの受信トレイの中には、視聴者たちが送ってきたメールが確かにある。

あるのだが。

「すっっっっっっっっっっっっっっくな‼」

引くほど少なかった。

まず全体的に少なかった。配信後にSNSで募集《ぼしゅう》をかけたにもかかわらず、集まった画像の数はおおよそ10件で、すべて男子からのものだった。

しかもそのうち4件がふざけた画像。

6件は真面目《まじめ》な格好《かっこう》。

さすがに送られてきた10件だけで配信一本を乗り切るのは無謀《むぼう》に思えた。なぜならコメントに困《こま》る微妙《びみょう》な画像が大半だったから!!

「配信……これじゃ無理だな……」

天井《てんじょう》を仰《あお》ぎ見る。

想像してみよう。

ツバキが終始《しゅうし》苦笑いしながら「へ、へぇー！　いいねぇ！」と微妙なリアクションを見せ、そして視聴者も「お、おしゃれだね！」とコメントを残す。そこにあるのは配信に集まった誰もが互いに遠慮《えんりょ》し合うよそよそしい空間。全然楽しくない……。

今日の配信、中止にしちゃおっかな——。

ため息交じりにユカはパソコンでSNSのアプリを起動させる。

その時だった。

『——待って！　ユカちゃん！』

ユカの脳内《のうない》に直接語りかけてくるタイプの声がした。

「……!?　だ、誰だ!!」

驚《おどろ》きながら顔を上げるユカ。

『ユカちゃん！　今日の配信を中止にするなんて……そんなのダメだよっ！』

「お前は……!!」

そこにいたのはもう一人のユカ。

花鉢ツバキ。

ユカの自室の中でツバキがふわふわと浮かんで見えた。それはユカの脳が生み出した幻覚《げんかく》の花鉢ツバキ。イマジナリーツバキ。主にユカが悩み事を抱えている時などにふらりと顔を出して、アドバイスをくれる都合のいい存在。イマジナリーツバキも結局中身はユカなので一人二役の小芝居《こしばい》でもある。ユカはまともに見えて頭が少々アレだった。

『いい？　ユカちゃん。配信当日に中止になんてしたら一部のアンチから「およよ？　視聴者からの投稿が集まらなかったんでござるか？　不人気《ふにんき》が露呈《ろてい》してしまいましたなぁ」ってドヤ顔で中傷《ちゅうしょう》されるに違いないよ！　だから絶対ダメ！』

「それは確《たし》かに」

ユカは同意した。「じゃあ体調不良ってことにしとこう」

『それもダメ!!』

「何で」

『体調不良は彼氏と旅行の隠語《いんご》だから!!』

「だけどよ……こんな状態ならやっても意味ないいんじゃないか？」

『そんなことないよ、ユカちゃん！　道はまだ、残されてるよ！』

イマジナリーツバキは主人公みたいなことを言った。

「道って何だよ」

『よく考えて、ユカちゃん。要は視聴者から私服が集まればいいんでしょ？』

「そうだけど――」

『だったらこうするのはどう？』

すっ、とユカの耳元に唇《くちびる》を寄せるイマジナリーツバキ。まるでASMR。それから彼女は今にも耳を舐《な》めそうな距離から、吐息《といき》をたっぷり含ませた艶《つや》っぽい声で囁《ささや》いた。

『ユカちゃん自身が視聴者になるんだよ――』


「……!!」

それはまさしく青天《せいてん》の霹靂《へきれき》！

「その手があったか……！」

視聴者から画像が集まらなかったのならば、自分自身で用意すればいい。

自身で撮った画像をそのまま配信内で紹介すればいいのだ!!

こんな単純《たんじゅん》なことに一体なぜ気づかなかったのだろう。

畳《たた》み掛けるようにイマジナリーツバキはどこからともなくホワイトボードをがらがらがらと取り

出して、『ちなみにユカちゃんが配信で自撮りを晒《さら》すとこれくらいはいいことがあります』とご紹介。

・花鉢ツバキの配信を女性視聴者が見ていることのアピールになる。
・可愛《かわい》い服を着ている女の子が出てくることで配信が盛り上がる。
・花鉢ツバキだけでなく女性視聴者（ユカ）もちやほやされる。

『――以上！』


「超いいじゃん……」

いいこと尽《ず》くめとはまさにこのこと。既《すで》にユカの脳内では視聴者たちが『めちゃくちゃ可愛い！』『付き合いたい』と願望丸出しのコメントを書き込んでいる場面が映し出されていた。超気持ちいい。

ユカはえぐい耳舐めを受けているかのようにぞくぞくした。

『さ、ユカちゃん。配信を盛り上げるために最強のデートファッションを見つけてきて！』

イマジナリーツバキが肩《かた》を叩《たた》く。

「ああ……やるしかねえな……！」

即座に立ち上がり、ユカは荷物をまとめて家を出る。配信まで残り数時間。服を買って画像を用意するには十分だ。

家を出るユカの顔は配信の成功を確信しているかのように凛《りん》としていた。

▽

戻ってきたのはそれから2時間後のことだった。

既にイマジナリーツバキの姿は部屋から消えている。誰もいない部屋の中、ユカは戦利品《せんりひん》の数々を紙袋から取り出す。

買ってくることができたのは2セットだけ。つまり女性視聴者2名までならなりきることができる。

「今どきの女子高生ってこんなの着てんのか……」

タグを切りながら、手で触れる。触《さわ》り心地はどれも気持ちがいい。

お洒落《しゃれ》なんて一切興味がないし、着飾ることの何が楽しいのかもさっぱり分からないからという理由で、普段はジャージやスウェットばかり。そんな彼女にとって、目の前にある服は触れることすら初めての代物《しろもの》に思えた。

二つとも服屋で「デートにふさわしい服って何すか」と尋《たず》ねたら出てきたものだった。

両方ともユカから見れば派手《はで》であり、本音を語るならば袖《そで》を通すのはかなり恥《は》ずかしい。

「…………」

しかし残り時間は限られている。

「や、やるしかねえ……！」

意を決してユカはそのうちの一着に袖を通し、身なりを整えて、鏡《かがみ》の前に立つ――！

可愛いフリルまみれのピンク色のブラウス！

黒のミニスカート！

金髪《きんぱつ》のツインテール！


「…………」

渋谷《しぶや》とか新宿《しんじゅく》あたりで10分に一度は見かけそうな格好の女がそこには立っていた。厚底《あつぞこ》のスニーカーとか履《は》いてそう。

服屋で見たときはもう少し似合《にあ》っているように見えたのに、家の鏡の前に立つと違和感しかなかった。何でこんな服買ったんですか？

「に、似合わねえ……！」

普段そんな服を着るイメージがなさすぎてその場に崩《くず》れ落ちるユカだった。こんな格好のまま自撮りをする勇気が彼女にはなかった。恥ずかしすぎる。穴があったら入りたい。脱《ぬ》ぎたい……。

そして強く抱《いだ》いた後悔《こうかい》は、やがて脳内にすまうもう一人の彼女を呼び起こした！

『諦《あきら》めないで！　ユカちゃん！』

「⁉　お、お前は！」

そこにいたのはイマジナリーツバキ。

本日二度目の登場だった。両手でチアリーダーとかが持っているふさふさのアレを振りながら彼女はエールを送る。

『似合ってるよ！　超可愛いよ！』

「そ、そうか……？」

『うんっ！　試しに自撮り、してみて？　絶対大丈夫《ぜったいだいじょうぶ》だから！』

「本当かぁ？」

半信半疑《はんしんはんぎ》な様子でユカは再び立ち上がる。

それからツバキに言われるがままに何枚か撮影する。

ぱしゃ、ぱしゃ――鏡の前でスマートフォンを構えているユカの姿が画像フォルダの中に残された。

『うん。で、アプリで加工するでしょ？』

「ああ」

『白飛《しろと》びさせまくるでしょ？』

「うん」

『ほら可愛くなった』

「元の素材は可愛くないってことじゃねえか‼」

『あははは。やだなぁユカちゃん。女子はみんなこうしてスマホの中でだけ可愛くなってるんだって』

イマジナリーツバキはあらゆる方面にツバを吐《は》くようなことを言った。配信外な上に脳内のツバキなのでまああ黒かった。

『でもユカちゃん、この写真……何かが足りないと思わない？』

「？　加工もしたしこれで十分じゃないのか？」

『いやいやいや。こんなの全然足りないよ。加工したけどこれはボツかな。素材のよさを生かしきれてない。なんというか決め手に欠けるんだよね』

こいつ意識高い料理人みたいなこと言い出したな。

「足りないものって何だよ」

『それはね――』

するとイマジナリーツバキはユカの耳元に口を寄せ、静かに艶《なま》めかしくＡＳＭＲ《ささや》いた。

『――えっちな要素だよ』

「えっちな要素⁉」

『具体的にいうと下着が見えるか見えないかくらいのギリギリを攻めたアングルでの写真がほしい』

「そんなもん撮れるか‼」

『ええ〜？　できないのぉ？　配信を盛り上げたいんだったらそれくらいやってもらわないと困るよユカちゃぁん』

「あたしそういうのはちょっと……専門外《せんもんがい》だし」

『売れるためには皆それくらいやってるよぉ？』

イマジナリーツバキはねっとりとした口調でアイドルを何人か抱いているプロデューサーみたいなことを言い出した。

「で、でも……」

戸惑《とまど》うユカ。

イマジナリーツバキは嫌らしい顔をしていた。

『大丈夫だよ……？　ツバキに任せてくれれば全部上手《うま》くいくから……ね？』

「…………っ」

『ユカちゃんは人気配信者になりたくないのかなぁ……？』

人気配信者には、なりたい――。

『大丈夫、恥ずかしいのは最初だけ。終わりよければすべてよしって言うでしょ？』

だから、頷《うなず》かなければならない――いつの間にかユカはその場の雰囲気《ふんいき》にのまれていた。

「……こ、今回だけだからなっ！」

頬《ほお》を染《そ》めながらも頷くユカ。にやりと笑うイマジナリーツバキ。まるで立場の弱い女子を狙《ねら》ったいかがわしい取引現場のようだった。

それは見る人が見れば何らかの問題が起きかねない光景だったが、すべて脳内のツバキと会話しているだけなので問題が起きているのはユカの頭の方だけである。

頷いた途端《とたん》にユカはそこそこ従順《じゅうじゅん》になった。

『じゃあ……撮ってみよっか、ユカちゃん』

「あ、ああ……」

女の子らしく床《ゆか》にぺたんと座り、スマートフォンを構える。「こ、こう……かな？」

『いいね!!』

イマジナリーツバキは興奮した。『じゃあそのままインカメで首から下を撮ってみよっか』

「こうかな」

パシャパシャ。

『……ちょっと体育座りで撮ってみて』

「こうか？」

『イイっ!!　可愛いよぉ～！』

「そうかな……？　へへ……」

パシャパシャ。

ユカは自撮りを量産してゆく。

(なんかちょっと楽しくなってきたな……)

ユカは存外《ぞんがい》ちょろかった。

イマジナリーツバキの声援を受けつつ一着目でしばらく自撮りをしまくったユカは、それから流れるように着替えて二着目に移る。

『二着目はどんなやつなの？』

たのしみだな～、と頭を揺《ゆ》らすイマジナリーツバキ。

自撮りをしまくったおかげで自己肯定感がそこそこ満たされたユカは、自信満々な顔で彼女の前に現れる――！

随所《ずいしょ》にレースをあしらったゴスロリ風の黒いワンピース！

頭には髪を結ぶ馬鹿《ばか》でかいリボン！


「一着目と同じ店で買ったやつ。どう思う？」

『センスやば』

冷静になって見てみると色合いは地味《じみ》なのに一着目よりも派手だった。秋葉原《あきはばら》あたりにいそう。何でこれ買ったんだろうと一瞬冷静になりかけたが、ユカは首を振って現実から目を逸らした。

「こいつはどんなふうに撮ればいいかな」

先ほどと同じように女の子座りしたり、体育座りしたりしながらスマートフォンを構えてみせる。

『待ってユカちゃん、同じことの繰り返しはダメだよ！』

両手をクロスしながらイマジナリーツバキはユカを制止する。

一体なぜ？

『同じ場所で撮ったら同一人物だってバレちゃうでしょ』

「それは確かに」

言われてみればその通り。ただでさえ似た系統の服を着ているというのに、背景《はいけい》まで同じだったら完全に同一人物としか思えない。花鉢ツバキの一部のアンチが『およよ？　おかしいですなぁ』と指摘してくる姿が容易《ようい》に想像できる。

『というわけで二着目は別のところで撮るよ』

「別のところってどこ」

五分後。

二人は公園にいた。

『ここで撮ろっか』

「外かよ‼」

二人というかユカとイマジナリーツバキなので実質一人。慌《あわ》てて口を噤《つぐ》みつつ、ユカは周りを確認したのち、そそくさと公園の隅《すみ》のベンチに腰を下ろす。

幸いにも公園内には誰もいない。

とはいえ。

「さ、さすがに外はちょっと……」

『人気者になりたくないのかなぁ……？』

「その一言で全部押し切れると思うなよ……⁉」

来てみたはいいものの正直本当に恥ずかしい。まるで全裸で外を歩いているような気分だった。

寒くないのに震えるし、暑くないのに汗が出る。体はとっくにおかしくなっていた。

『さ。恥ずかしいのが嫌なら急いで撮った方がいいんじゃない？　このままだと人が来ちゃうかもしれないよ……？』

「ちっ……」

『それとも人に見られる方が興奮しちゃうのかな……？』

安っぽい言葉攻めみたいなセリフは気になったが実際イマジナリーツバキが語っている言葉は正しかった。ここまで来たならやり遂《と》げるしかない。

「あたし全然乗り気じゃねぇんだけど……仕方ねぇなぁ！」

ユカはスマートフォンを構える。側面のシャッターを押す度に、パシャパシャと音が鳴る。ゴスロリ衣装の女子高生が画像フォルダに取り込まれてゆく。

「こ、こうか……？」

画面に映るユカはいつの間にかえへへと笑っている。

『いいよ！　いい笑顔だね！』

「そ、そうかぁ……？」

乗り気じゃないとは何だったのか。撮影を始めた途端に可愛い女の子になりきる様子はまるで何かをキメているようだった。

『可愛いよっ！』

「恥ずかしいよぅ」

気づけばノリノリだった。こんなところを知人に見られたら死ぬしかないなぁとぼんやり思いながらもユカは撮影する。大体それから五秒後のことだった。

「ねえ」

声がした。

「え？」

顔を上げるユカ。

シノがいた。

「縺槭ず縺ｧ諱・縺壹。縺励∧繧薙〒縺吶¢縺ｩ！」

「それどうやって発声《はっせい》してるの」

言葉にならない言葉を叫《さけ》ぶユカに対してシノは怪訝《けげん》な様子で目を細める。

「や、あの、これは違うんだよ！　えっと、あの……」

しどろもどろ。何と説明すればいいのか言い訳を考えながら両手をわたわたと顔の前で揺らす。

とりあえず顔だけは見ないでほしかった。

「………………」

そしてシノはそんな彼女の前で首を傾《かし》げていた。「ひょっとして何かの撮影？」

「いや、まあ……撮影というか、何というか……えっと……」

「よければ私が撮るけど」

「え」

何だその提案⁉

内心で驚愕《きょうがく》するユカ。

目の前のシノの表情は相変わらず読めない。

「今ちょうど撮影の勉強をしているから、練習台になって」と言いながら手にしていた本をこちらに見せる。

いい写真の撮り方をまとめた本がそこにはあった。

「ここで会ったのも何かの縁《えん》。それに、何だかあなたは他人のような気がしないし」

他人のような気がしない？

（……ひょっとして、あたしだって気づいてない？）

見つめ返すユカに対してシノは「どうする？」と真顔《まがお》のまま首を傾げている。

どうやら本当に気づいていないらしい。思い返してみれば今のユカは格好はおろか髪型から何から何まで別人のよう。おまけに自撮りをしていた顔つきも普段見せないようなものだった。

シノの中では背格好が似ているだけの別人ということで処理されたのかもしれない。

「え、えっと……」

逡巡《しゅんじゅん》する。

できればこの場から今すぐにでも逃げ出したい。しかしここで拒んだり怪《あや》しい言動《げんどう》を取ったりすれば、疑問を抱いたシノが正体に気づいてしまうかもしれない——。

何もせず、逆らわず、シノが満足するまで待つのが最適解《さいてきかい》なのではないだろうか。

「…………………」

結局ユカは悩んだ末にスマートフォンをシノに手渡した。

「お願いします…………」

「はい」

パシャパシャ。

「可愛いわね」

「…………………………………ありがとうございます」

パシャパシャ。

「さっきみたいに笑って」

「……………………………こうですか」

「グッドな笑顔ね」

「…………………………………………ありがとうございます」

心を無にしてユカはひたすら被写体《ひしゃたい》になりきった。

地獄《じごく》のような時間を乗り切ったあと、シノはスマートフォンをユカに返す。

「どうぞ。よく撮れてるわ」

「あ、ああ……うん。ありがとう」

「ええ。それじゃ」

最後までシノはゴスロリ女ことユカの正体に気づくことはなかった。

ほっと胸を撫《な》で下ろす。

「まあ、写真撮ってもらえたならいいか……」

一時はどうなるかと思ったけど――と窮地《きゅうち》を乗り切ったユカは達成感を抱きながら、シノが撮った画像を確認する。

――真顔のシノの画像が大量にあった。

「あいつ何なんだよ!!」

インカメのままシャッターを押し続けていたらしい。お前カメラマン向いてねえよと心から思うユカだった。

結局シノが撮った画像はすべてボツになり、自分で撮っていたものを採用することにした。

すぐさま部屋に戻り、ユカは配信のために画像を整理する。見返せば見返すほど際どい画像ばかり。そばで作業を見ていたイマジナリーツバキが舐め回すように画像を見つめながら『ふぅん……？』と呟く。

『えっちじゃん……』

その目は自身の配信の成功を確信しているかのようだった。

可愛らしい衣装に身を包んで可愛らしいポーズをとっている画像はまるで他人のよう。

『でもユカちゃん、今日のはいい経験になったでしょ』

あるいは新しい自分の一面に気づかされたような、そんな一日でもあったように感じる。『衣装を外で着ろとは言わないけど、たまにはジャージやスウェット以外を着てもいいんじゃない？』

「そうだな」

『いつもとは違う服を着るの、結構楽しいでしょ』

「……そうかもな」

自身の画像を調整しながらユカは頷く。

お洒落な服など興味がないと思っていた。着飾ることの何が楽しいのか分からないと思っていた。

しかし振り返ってみればずっと前から着飾ることの楽しさは知っていたはずだ。

バーチャル世界で笑顔を向けてくれているアバターを見つめながら、笑う。

「ま、終わりよければすべてよし、だな」

花鉢ツバキはユカ自身。

彼女もまた、自身の配信の成功を確信していた。


それから数時間後の配信内で、自作自演の画像を交えて視聴者のデート服を紹介していったが、太ももの際どい部分にある黒子《ほくろ》の位置が一致して同一人物であることが普通にバレた。ユカは内心こいつらマジでキモいなと思いながら花鉢ツバキとして乗り切ったが、『花鉢ツバキの女視聴者にちょっとヤバいやつがいる』と噂《うわさ》されるようになった。ユカは普通にキレた。

後日、学校で「この前公園でちょっとヤバそうなゴスロリの女性を助けてあげたの」と得意げな様子で語るシノに対して死んだ魚のような目をしながら「そうなんだ」と呟くユカの姿があった。

第六章 ＊ 世界一可愛い女子高生（自称）

桜《さくら》の木の下で二人の中学生が向き合っていた。

「センパイ……行っちゃうんですね……」

別れの季節、三月。

避けられぬ別れを惜《お》しむメイの頬《ほお》に一筋《ひとすじ》の涙《なみだ》がこぼれる。

一緒《いっしょ》に過ごす楽しい時間はもう終わり。これから先は、離れ離れにならなければならない——

見納《みおさ》めとなる先輩《せんぱい》の顔を忘れないようにじっと見つめる。湧《わ》き上がる涙がそれを阻《はば》む。

視界が霞《かす》んでゆく。

先輩——ナナの手が、彼女の頬にそっと添《そ》えられた。

「あはは。大袈裟《おおげさ》だなぁ。高校行くだけだよ、メイちゃん」

涙を拭《ぬぐ》う彼女はいつものように笑ってくれていた。

「センパイ……」

「大丈夫《だいじょうぶ》！　メイちゃんなら私とシノちゃんがいなくても平気だよっ！」

「そんな寂《さび》しいこと言わないでください……。あたし、もっとセンパイに教えてもらいたいこといっぱいあるのに……」

いつも二人は一緒だった。

そんな日々がずっと続くと思っていた——けれど別れの季節はやってくる——。

覚悟《かくご》をしていたはずなのに、メイの涙は止まらなかった。

「こらこら。泣かないの。いつも私をからかってくるメイちゃんはどこに行ったの？」

あはは、と笑うナナ。

ナナにいたずらを仕掛けたり、冗談《じょうだん》を言って小馬鹿《こばか》にしたり、「あはっ☆　ざぁーこ♡」と囁《ささや》いたり。いつもメイはナナをからかって弄《もてあそ》んでいた。ナナの反応が面白《おもしろ》かったから、いじり甲斐《がい》のある先輩として認識していた。

それが単なる好意の裏返しであったことを、離れ離れになる寂しさが教えてくれた。

気づいた頃には、もう手遅れだった。

「センパイっ……！」

胸《むね》に溢《あふ》れる思いを止め切れず、メイはナナに抱《だ》きついた。

「わっ」

驚《おどろ》いた様子でナナは受け止め、それからメイの髪《かみ》を撫《な》でてくれた。

「よしよし」

仕方《しかた》ないなぁ、と笑う声がした。

メイは自身に伝わる感触を、忘れない。きっと、わがままを聞いてくれるのも、これが最後になる気がしたから。

悲しむメイに、ナナは囁く。

「大丈夫。私たちはきっとまた会えるよ」

「はい……」

「部の未来はメイちゃん任せたよ！　私とシノちゃんは抜けちゃうけど、それでもメイちゃんなら大丈夫！」

「はい……」

「部活、どんどん盛《も》り上げていってね！　メイちゃんなら全国大会も夢じゃないよ！」

「はい……あ、でもセンパイ」

「どしたの」

「センパイたちが作ったＡＩこけし同好会なんですけど、お二人が抜けてあたし一人になるので廃部《はいぶ》が決まりましたけど……」

「…………」

「…………」

「あ！　話変わるけどメイちゃん、高校では何の部活するか決めてる？」

「話逸《そ》らした……」

「私とシノちゃんの二人でまた部活を作るつもりなんだけど、よかったら一緒に――」

「やります！」

「わあ即答《そくとう》」

どんな活動内容なのか聞くまでもなかった。ナナとシノ——二人と一緒にいられるのならば、どんな部活だって、どんな場所だって構わない。

「よかった。メイちゃんとまた一緒に活動できるなら嬉《うれ》しいよ」

その言葉にきっとうそはないのだろう。ナナはえへへと顔を綻《ほころ》ばせる。「それじゃあ、今日のお別れはお別れじゃなくなるね」

涙を流す必要はもうない。

二人は同じ学校で、同じ部活の仲間として、再び巡《めぐ》り合うことになるのだから。

「じゃあメイちゃん。またね」

「はいっ」

「メイちゃんが高校生になったら、また声かけるから」

「はいっ」

たった一年だけ待てばよい。

メイの目にはもう、涙はなかった。

「あたし、待ってますっ。ずっとずっと、待ってます——！」

こうして二人は再会を誓《ちか》い合って、桜の木の下で別れた。

別れの季節、三月のことだった。

そして大体一年後の春——。

……が普通に過ぎて六月になった頃のことだった。

「ぜんっっっっっっっっっっっぜん声かかんないんですけど!!!」

パァン！

教室でブチギレるメイの姿がそこにはあった！

「ど、どうしたの石動《いするぎ》さん⁉」

突然の出来事に国語教師がはわわと萌《も》えキャラみたいに驚いた。遅れてクラスメイトの何人かが不思議そうな様子でこちらを振り返る。

普段《ふだん》はクラスの中心で超可愛《かわい》くて非《ひ》の打ち所《どころ》のない完璧美少女として注目を集めているというのに、こんな形で視線を集めるのは本意ではない。

メイは誤魔化《ごまか》した。

「あ、あはっ☆　ごめんなさ～い！　ちょっと虫がいてびっくりしちゃった☆」

舌《した》をぺろりと出しつつ可愛らしく媚《こ》びてみせる。クラスメイトにとってはそれが石動愛衣《めい》の見慣れた姿だった。「なんだ虫がいただけか……」集まりかけていた注目があっという間に薄《うす》れてゆく。

「虫がいたとかそういうレベルの声じゃなかった気がするんですけど……」

「え～？　せんせぇ何言ってるの～？　メイ分かんな～い」

怪訝《けげん》な表情を浮かべる教師に対しても同じような表情を向けてみせる。釈然《しゃくぜん》としていない様子だったが教師はチョークを手に取り授業を再開した。

「えー、では次のページを――」

再び教室には静寂《せいじゃく》が舞い戻る。

窓の外を眺《なが》めながらメイは再び空想《くうそう》にふける。雨が降りしきる窓の外のようにメイの頭の中は曇《くも》り切っていた。

(もう六月なのに未だにセンパイからのお声かけは一切なし……やっぱりどう考えてもおかしいわ。本当だったら入学直後に声かけてくれてもおかしくないのに……!)

中学の頃に同じ部活をしていたのに。入学したら声をかけてくれると言ったのはセンパイだったのに……!

(やっぱりセンパイ、高校に来てからおかしくなっちゃったんだ……!)

——今、ナナが活動しているお料理研究同好会《りょうりけんきゅうどうこうかい》には、見知らぬ人物が一人いる。

本来メイがいるべき場所に、よく分からない女が居座《いすわ》っている。

天城結花《あまぎゆか》。

(きっとあの女にたぶらかされてるに違いないんだわ……!!)

本来自身がいるべき場所にいる正体不明の女子生徒、ユカ——きっと彼女がセンパイに悪い影響を及ぼしているのだろう。

頭の中で空想が加速する。

『ふふ……可愛いね……ナナ』

『も、もう……恥ずかしいよぉ……ユカち』

きっと普段からこんなこともしてるに違いない!!!

「クソッッッッッッッッッッッ!!!」

パァン!

「い、石動さん!?」

二度目のブチギレにはわわと目に涙《なみだ》を浮かべる国語教師を尻目《しりめ》に、メイは誓う。

センパイを助けなければ――!

使命感が、メイの心を突き動かしていた。

▽

放課後《ほうかご》の家庭科室に女子高生がいた。

「そういえばさぁ。お前らの後輩《こうはい》のメイちゃんってどんな子なの?」

お料理研究同好会。

その一人、ユカは同好会の活動として作ったクッキーを手に取りながら、ふと尋《たず》ねた。

石動愛衣。

ナナとシノが中学時代の思い出話をする際によく挙《あ》がる名前だった。曰《いわ》く同じ中学の出身で、どうやら部活の後輩らしく、それでいて結構可愛い女の子らしい。

一体どんな子なのだろう？

興味本位《きょうみほんい》で首を傾《かし》げるユカ。

一方でナナはなぜか真剣《しんけん》な表情をしていた。

「……狙《ねら》ってるの？」

「何でそうなるんだよ!!」

「メイちゃん人気者だし狙うのはやめといた方がいいと思うよ……？」

「マジなアドバイスすんじゃねえよ!!」

「ユカちって意外と可愛い系の子が好きなんだねぇ……」

「そもそもあたしはそいつの顔すら見たことないんだが？」

普通にどんな子か気になっただけだよ、と呆《あき》れるユカ。「こういう子」横からスマートフォンの画面を見せてくれたのはシノだった。

「へえ……」

そこにいたのは確かにナナの言葉の通り、可愛い女子生徒だった。

明るい髪はツインテールにまとめられており、こちらに向けている笑顔は自信に満ちている。小柄でスタイルも悪くない。きっと男子からもよくモテるのだろう。『あたし可愛いでしょ？』と言いたげな雰囲気《ふんいき》が全身から漏《も》れていた。

「ちなみに中学時代の口癖《くちぐせ》は『あたし世界一可愛い☆』だった」

「そうなんだ」

ヤバいやつじゃん――。

シノに頷《うなず》きながらそういえば前にもそんな話を聞かされたなぁと思い出すユカだった。元々ナナがお料理研究同好会に誘う予定だったのも確かメイだったはずだ。

「一個下だったっけ」

「そうね」頷くシノ。

「今はどこの高校通ってんの？」

「織上《おりがみ》高校」

「へえ織上高校ね」

頷きながらユカは窓の外に目を向ける。降り頻《しき》る雨の向こうに校舎の壁が見える。織上高校。ナナたちが通う高校の名だ。そこに後輩が通っているらしい。

…………。

「……うちじゃん!!!」

「今年入学してきた」

「そりゃ一年下ならそうだろうよ!!!」

よく見たら写真もナナたちと同じ制服を着ていたし背景も見慣れた校舎の中だった。どうやら最近シノと会ったときに撮影《さつえい》されたものらしい。

「でもお前らと一緒にいるとこ見たことないんだけど」

二年になってから今に至《いた》るまで、ユカの視界にメイが留まったことは一度もない。二人と話している場面すら見たことがないかもしれない。どういうことっすか？

「いや〜、同じ学校にいるけどなぜか会えないいんだよねぇ……」

疑問に答えるナナも不思議そうな顔をしていた。「メイちゃんに会うために一年のクラスに何度か行ったことがあるんだけど、毎回不在なの」

「なんだそれ」

「遠巻きに姿を確認したことは何度かあるんだけど、会おうとするといつもいないんだよね」

「忍者《にんじゃ》か……？」

「お料理研究同好会の体験入部でもしてもらおうと思ってるんだけどねぇ……」

困《こま》ったねぇ……と腕を組むナナ。

「私はちょくちょく会ってる」

その横でシノは真顔のまま「いえーい」とピースする。

「どうやって会ってるのシノちゃん」

「気がついたら近くにいる」

「忍者なの……？」

二人の会話を聞きながらユカの頭の中でメイの人物像が積み上がってゆく。自称世界一可愛い女子で忍者——。

「なんかよく分かんねえけど、凄《すご》い変なやつなんだな……」

「ふっふっふ……ユカち。メイちゃんをただの変な子だと思ったら大間違いだよ」

「変な子なのは否定しないんだな……」

ナナは然《しか》りと頷く。

「中学時代にメイちゃんは数多くの伝説を残してるからね。よければ幾《いく》つか披露《ひろう》してあげよっか」

「ふうん……」

生返事とともに頷きながらクッキーを再び一つ手に取る。

放課後の家庭科室で、ナナたちと他愛《たわい》もない話をするこの時間は嫌《きら》いじゃない。

「いいね。教えてくれよ」

だからユカは軽く頷きながら、答えていた。

「珍《めずら》しく乗り気だねぇ」

「まあな――」

照《て》れ隠しに目を逸らす。

そんなユカを見つめながら、ナナはにこりと笑った。

「……やっぱ狙ってるの？」

「だから何でそうなるんだよ‼」

それからナナとシノはメイの中学時代の数多くの逸話《いつわ》をユカに語ってゆく。皿の上に並べてあったクッキーはいつの間にかすべて食べ尽くしていた。

▽

高校入学当初からメイは自身にルールを課していた。

（センパイから声をかけてくれるまでは絶対に話しかけないもんっ！）

本当はすぐにでもナナに話しかけたい。しかしメイのプライドがそれを許さなかった――卒業式の日のことを思い返す度にメイはその場でのたうち回りたくなる。

（いつものあたしなら「ひょっとしてあたしと離れるのが寂しいんですか？　あはっ☆」くらい言ってたはずなのに……！）

しかし一年前の三月。

メイは動揺したせいで自身でも想定外《そうていがい》の言動《げんどう》を繰り返していた。もう二度と同じ過《あやま》ちを犯《おか》すつもりはない。

自身で作ったルールに基《もと》づき、メイは素知《そし》らぬ顔をして数日過ごした。

センパイから声をかけられたら何と言おうか。「同好会ぃ？　そんな約束しましたっけ～？　センパイったら必死すぎ～♡」とからかってみようか。はわはわするセンパイの顔を妄想《もうそう》してメイはぞわぞわした。メイはそこそこSだった。

そんなことを妄想して一ヶ月が経《た》った。

（……え？　全然こないんですけど？？？？？？？？？？）

は？　と思った。

お昼休み。机《つくえ》を突き合わせた仲間内で「ねえねえ何部に入る？」「私はバドミントン部かな～」と話し合っている合間にメイは空想する。

（え？　何であたしに話しかけてこないわけ？　意味分かんない。センパイどうしちゃったの？　は？）

普通に意味が分からなかった。

意味が分からなかったのでメイはその日の放課後、二年の教室まで偵察《ていさつ》に行った。

「あははは っ！　もー、シノちゃんってば――」

（しぇ、しぇんぱい……！）

シノの隣。昔と変わらぬ彼女の姿がそこにはあった。教室を出てゆく二人の後を追う。向かった先は家庭科室だった。

（何で家庭科室……？　前に言ってた通り部活立ち上げたのかな……？）

こそこそするメイ。なぜか家庭科室の壁には尻《しり》の形をした穴が開いていたので、メイはそこから中を覗《のぞ》き込む。

「おうナナ、シノ」

（は？　誰？）

見知らぬ顔の女子生徒がひらひらと手を振っていた。

金髪《きんぱつ》で背が高くていかにもヤンキーみたいな顔立ちをした女子だった。見るからに危険人物。それなのにナナは彼女の元へと子犬のように嬉しそうに駆け寄ってゆく。

「へいユカち！　さっきぶりー！」

「ひっつくなや！　教室でもずっと一緒だっただろうが」

は？

「いつものちゅーしてくれたら離れてあげる」

「したことないんだけど⁉」

は？？？？？？？？？？？

――紀元前《きげんぜん》、６６００万年前のことである。

メキシコ・ユカタン半島沖に直径約10キロの小惑星が飛来した。燃え盛る太陽のような小惑星は海を割り、大地を揺《ゆ》るがし、直径１８０キロのクレーターを作り出すほどの衝撃を与えた。その威力は当然ながら地球そのものに甚大《じんだい》な被害をもたらした。高さ数百メートルにも及《およ》ぶ津波《つなみ》。連鎖的に火山が噴火し、空を暗闇が覆い尽くす。光を失った地球上で草木は枯れ、生き物たちは次々と倒れていった。

こうしてたった一度の衝撃で、当時生息していた生命の約8割が無慈悲《むじひ》に息絶《いきた》えていった――。

家庭科室でいちゃつくナナとユカの姿を見たときのメイの脳には大体それと同等のダメージが与えられていた。

端的《たんてき》にいうとメイの脳はぶっ壊《こわ》れた。

「ぐあああああああああああああっ‼　うあああああああああっ‼」

その日の夜。自宅ベッドの上でもがき苦しむメイの姿があった。自身が「あはっ☆　ど〜しよっかなぁ〜？　センパイの部活に入ってあげよっかなぁ〜」などと答える妄想をしている間に、いつの間にかメイが抜けた穴が埋められていたのである。

しかもよりによってよく分からないヤンキーっぽい女に!!

失恋《しつれん》よりも辛《つら》い地獄《じごく》のような苦しみを味わった。友達から電話がかかってきたのはそんな折のことだった。

『ねえねえメイちゃん。バドミントンとか興味ない？　結構緩いところみたいだし、よかったら一緒に――』

「入るぅ!!!」

『早っ!!』

あまりに辛すぎたので他の部に入って傷を癒《い》やすことにした。そして入った直後に思った。

（いや待って……！　バドミントン部で活躍してるところを見せたらセンパイが嫉妬《しっと》してくれるかも……!?）

空想するメイ。


『どうしてバドミントン部に入っちゃったの……メイちゃん……！　私は一緒に活動したかったのに……！』妄想の中で涙をこぼすナナ。

『あはっ☆　何ですかぁ～？　ひょっとして、あたしと一緒に部活したかったんですか……？』

意地悪《いじわる》に笑うメイ。

そしてナナの耳元で、囁く――！

『今更後悔したって遅いんですよ……？　セ・ン・パイ♡』


（あ、この展開イケるわ）

脳が再生した。

翌日からメイは普通にバドミントン部の一員として活動した。

すこん、すこん――コートを挟《はさ》んで友達と向き合い、ラケットを無心で振りながら、ナナが目の前に現れるのを待った。

「…………」

授業中もナナのことを空想しながら、視界の端《はし》でナナの姿を探した。

「…………」

休み時間も放課後も、いつでもナナの姿を探していた。こんなところにいるはずもないのに。

山崎《やまざき》まさよし。

「…………」

メイの脳内で蘇《よみがえ》る、楽しかった日々。

ＡＩこけし部で笑いあったあの日々――。

センパイの耳元で「ざこざこ～♡」したあの日々――。

顔を赤くして「はわわっ⁉」と驚くセンパイを指差し「え～？　何赤くなってるんですかぁ？

キモーい♡」と笑ったあの日々――。

「…………………………」

本当はもう、とっくに気づいていた。あの日々はもう、帰ってこないのだと――。

愛《いと》しのセンパイは金髪の変な女にたぶらかされてしまったのだから――!!!

「クソッッッッッッッッッッッ!!!」

パァン!

それが今に至るまでの経緯《けいい》である。

そしてメイはナナを救うために、動き出した――。


(あたしにはカンペキな作戦がある……)

放課後。

学校近くの路上にて。

メイはメモ帳片手にこそこそと物陰《ものかげ》に隠れる。

既《すで》に金髪の変な女に関して調べはついていた。人気者のメイが「おねが～い☆」と媚《こ》びれば多少の調べ物をしてくれる人間は何人もいるのだ。

(女の名前はユカ。センパイたちと会ったのは高校に入ってから……。中学もあたしとは違うところみたいね)

現在所属している部はお料理研究同好会。放課後は基本的に家庭科室に入り浸っており、活動がない日はそのまま一人で帰っている。常にナナたちと一緒にいるわけではないらしい。

そしてメイが待ち伏せしている今日。

丁度《ちょうど》お料理研究同好会の活動はお休み。

「……！　きた！」

ほどなくすると、道の向こうからぼけーっとした顔で歩いてくるユカの姿を見つけた。丁度一人。周りに生徒の姿はない。

「ふわぁ……」

誰にも見られていないのをいいことに大きな口であくびをするユカ。油断しきっているその表情はメイからすれば余裕をこいて挑発しているかのようにも見えた。はームカつく。物陰でぎりぎりと歯を食いしばりながらユカを睨《にら》む。

（余裕でいられるのも今のうちよ！　魔性《ましょう》の女！）

ささっ、と物陰に隠れた後にメイは身なりを整える。そしてデートの待ち合わせをしている女子のように窓ガラスと睨み合って、今日も可愛い自身であることを確認してから、ひょっこり物陰から顔を出す。

もう一度言います。

（あたしには、カンペキな作戦がある……！）

自信に満ちた言葉を心の中で呟《つぶや》きながら、メイはナナを救うための作戦を実行に移す。

その手にはたくさんの果物《くだもの》が詰め込まれた袋があった。

「——きゃっ！」

「うわっ！」

とんっ、と軽い音でぶつかる二人。その割にはメイの手にあった袋の中身はまるで放り投げたかの如《ごと》く派手《はで》に飛び散り、路上に転がる。

ユカとナナを引き離すために最も手っ取り早い方法を、メイは知っている。

「いたたた……」

ユカを堕《お》とせばいい。

路上で尻餅《しりもち》をつきながらメイはその場で立ち尽くしているユカを見上げる。既にこの先の未来が彼女の目には見えていた――。


『お、おい。お前……大丈夫か？』

手を差し伸《の》べるユカ。

『大丈夫ですぅ……』と手を取るメイ。温かい手と手が触れ合う。なんとなくいい感じの雰囲気の中で見つめ合う二人。

その合間にも路上に転がる果物たち。

『あっ！　果物拾《ひろ》わなきゃ』

慌《あわ》てて拾い集めるメイ。

『あ、ああ。あたしも手伝うよ。悪かったな』

果物を一つひとつ二人で拾い集めて、紙袋に戻してゆく。単純作業を真面目《まじめ》に繰り返す二人の指先は、やがて同じ果物へと伸びる――。

『あっ……、ごめんなさい……』

手と手が触れ合い、恥ずかしそうに引っ込めるメイ。

『あ、ああ、こっちこそごめん……』

同じように手を引っ込めるのはユカ。二人は再び見つめ合う。何度見てもそこにはどこからどう見ても美少女でしかないメイの姿がある。

（何でだろう……、あたし、なんかこの子を見てると……胸がドキドキする……）

そしてメイを意識し始めるユカ――。


（あたしのこの作戦で堕ちなかった相手はいないわ！）

これまでの人生でメイの思い通りにならなかった人間などいない。

中学時代から今に至るまで男女問わず数多くの生徒たちに同様の方法でちょっかいを出しては陥落《かんらく》させ、ついた異名《いみょう》は当たり屋メイさん。なのに誰にも嫌われない。なぜならメイは自他共《じたとも》に認める美少女だったから！

「お、おい。お前……大丈夫か？」

回想シーンをそのままコピペしたかのようなセリフとともに手を伸ばすユカ。

「大丈夫ですぅ……」

予定通りにユカの手を取り、メイは立ち上がる。背の高いユカを上目遣《うわめづか》いで見つめながら、メイは「そちらこそ大丈夫でしたか……？」とアドリブを加える。可愛くて気遣《きづか》いもできる女。最強すぎる。

「………」

そんなメイにユカは沈黙《ちんもく》を返していた。見つめ合う二人。メイは確信した。

（あーハイハイ！　これもう完全に堕ちましたわ。はい虜《とりこ》！　もう完全にあたしの虜でーす！）

はい勝ち！　頭の中でメイはトロフィーを掲げる。もはやメイの中ではユカがメイの椅子《いす》になって悦《よろこ》んでいる場面まで想像できていた。

（はーちょろ。マジ人生ちょろいですわー。美少女すぎて人生べリーイージーだわー）

――しかし一つ誤算《ごさん》があることを、彼女は知らなかった。

（は？）

とメイを見下ろすのはユカ。

惚《ほ》れているわけではない。惹《ひ》かれているなどもってのほかだった。

簡潔明瞭《かんけつめいりょう》に言えば困惑していた。

（こいつ……えっ？　こいつアレじゃん。ナナとシノの後輩じゃん）

ユカの脳裏《のうり》で蘇るのは、家庭科室で二人がクッキーを食べながら話してくれた後輩の逸話。その中でナナはこのように語っていた。

『あのね、メイちゃんって昔は当たり屋メイちゃんって言われててね、狙った相手に物理的にぶつかっては惚れさせてたんだ』

『そうなんだ』

『あと常に男女問わずたくさんの生徒が周りにいるから新宿駅《しんじゅくえき》って呼ばれてた』

『……そうなんだ』

『あとオタク君にも優しくしてあげるからオタクに優しいギャルとも呼ばれてたよ』

『……あだ名多くね？』

『あだ名とか別名が多いから詐欺師《さぎし》とも呼ばれてたよ』

『若干《じゃっかん》嫌われてね？』

ともかくナナの話では尖《とが》りまくった性格をした女子であり、当たった相手を落とそうとする傾向《けいこう》にあるということ。

「あっ。果物拾わなきゃ～☆」

あざとく言いながらメイは無駄に散乱《さんらん》した果物を拾い集める。

「あ、ああ……あたしも一応拾うか……」

戸惑いながらもユカは果物に手を伸ばす。袋へと入れる度に視界の端からメイが視線を投げかける。その目は『あたし可愛いでしょ？』『やだあたし超可愛いんですけど～！』『こんなあたしと一緒に果物拾えるって幸せすぎない？』と訴《うった》えかけてくる。

急いで回収したおかげか袋はあっという間にいっぱいになった。

最後の果物に手を伸ばすユカ。

直後に視界の端でうろうろしていたメイの手が飛んでくる。ぴとっ——と冷たい指先が、ユカに触れていた。

「きゃっ。ごめんなさぁい☆」

若干耳障《みみざわ》りな声でメイはちらちらと上目遣いを繰り返す。

(間違《まちが》いねえ……)

確信《かくしん》した。

(こいつあたしのこと狙ってやがる……!!!)

ユカの頬に一筋《ひとすじ》の汗が流れていた。

メイがアプローチをかければかけるほど、ユカは困惑した。

「え~?　あたしのこと急に見つめてどうしたんですかぁ♡」

(え、うわ……なにこいつ怖《こわ》……)

露骨《ろこつ》に距離を詰めようとすればするほど、ユカは警戒《けいかい》する。

「お手伝いしてもらったお礼をしたいんですけどぉ……よかったらこのあとカフェでも行きませんか?」

(こいつあたしのこと抱く気か……?)

そして警戒心を強めるユカの様子など気にも留めることなく、メイは勝利宣言とばかりにユカの耳元へと唇《くちびる》を寄せる。

「いっぱいお礼……させてください……♡」

(ぜ、絶対抱く気だ……‼)

(はい堕ちた♡)

(何でこいつこんな自信満々な顔してんの？　怖)

(やだ～♡　あたしのこと超見てるんですけど～！)

むふーん、と満面《まんめん》の笑みを見せるメイ。

ユカは手にした果物をそっと袋に戻してから立ち上がる。そしてきらきらとした期待に満ち溢《あふ》れた目でこちらを見つめるメイに対して、一言だけ答えた。

「結構です」

「んー？」

背を向け、踵《きびす》を返してユカは立ち去る。

その場に残されたのはいまいち状況を理解できていないメイだけだった。

「……んんー？」

再度同じ言葉を繰り返すメイ。未曾有《みぞう》の事態《じたい》に頭の中は大混乱《だいこんらん》。え？　振られた？　このあたしが？　は？　何かの冗談ですか？　ありえないでしょ。

一体何が起こったというのだろうか。

賢《かしこ》いメイは既に問題の絞《しぼ》り込みを行っていた。ぱちぱちと頭の中で素早《すばや》く電卓《でんたく》を叩《たた》く。導き出された答えはただ一つ！

（──ひょっとして、照れちゃった？）

納得するメイ。照れちゃってたなら仕方ない。これまでの人生において振られた経験皆無《かいむ》だったせいで、普通に振られたという発想は皆無だった。

「まったくもー。照れ屋さんなんだから♡」

去りゆくユカの背中にウインクを投げかける。その目は獲物に狙いを定める獣《けもの》のようだった。当たり屋の名は伊達《だて》じゃない。

──その日からユカの日常の至るところにメイは姿を現すようになった。

登校中の曲がり角。

「きゃ〜！　ぶつかっちゃった☆」

メイはユカが通りかかるタイミングを計《はか》って衝突《しょうとつ》してみせた。よろけてお尻をついて倒れるメイ。さりげなく下着が見える角度に調整しながら「いったぁ〜い☆」と上目遣い。

「…………」

（あっ！　今見てる！　めっちゃ見てる！　はい堕ちた♡）

むふーん。ドヤ顔で見上げるメイ。

ユカは言った。

「ああ……。ま、次から気をつけろよ」

「は？」

こちらに手を差し伸べることすらせずユカはクールに去ってゆく。

めっちゃ避けられてる――。

(これでもダメってどんだけ照れ屋なの～？　超ウケるんですけど☆)

しかしメイがアプローチを止めることはなかった。

後日、ユカが本屋にたまたま立ち寄ったときもいつの間にかメイが隣にきていた。忍者。

「きゃっ☆」

ユカと同じ本に手を伸ばすメイ。至近距離で目と目が合う二人。

「………………」

(はい堕ちた♡)

「……じゃ、それやるよ。あたしネットで買うからいいわ」

と思ったらすぐにユカは店を出ていってしまった。

「……あれれー？」

なんか反応、薄いな……？

メイは思った。

(感情を表に出すのが苦手なタイプの人なのかな～？)

そしてさらに後日。

「きゃー！　廊下《ろうか》で突然ぶつかっちゃった☆」

メイは一人で部活に向かっている最中のユカを襲撃した。

「うわっ」驚いた様子でこちらを見るユカ。

（はい堕ち――）

「あんまり廊下ではしゃぐなよ？」

「んー？」

「入学したてで興奮してんのは分かるけど、程々《ほどほど》にな？」

「……んんー？」

突然ぶつかってきたメイの肩《かた》に手を置いてからユカは立ち去ってゆく。まるで子供をたしなめるかのようでもあった。

それはこれまで当たり屋的に突撃してきた相手からのリアクションとしては初めてのものだった。

「…………」

そして初めての体験は、メイにとって初めての感情を生み出す。

「……むうううう！」

簡潔明瞭に言えばむきになった。

それからメイは、

「きゃー☆」

ユカが一人のとき、

「ぶつかっちゃったー☆」

ありとあらゆる時と場所で、

「大丈夫ですかぁー？」

とにかくひたすらぶつかりまくった。

その度にユカはため息をつきながら対応するに至った。

「……はあ」

何だか変なやつに目をつけられてしまったらしい——やがて困り果てたユカは二人に打ち明けた。

「なんか最近さぁ、お前らが前言ってた当たり屋の子とよく会うんだよな……」

狙われてんのかな……？

ナナとシノは顔を見合わせたのちに、言った。

「狙ってんの？」

「やめときなさい」

「何でそうなるんだよ!!」

▽

「——ふうん。メイちゃんがユカちに所構わず突撃、ねえ……」

改めてここ最近の出来事を話すユカにナナはぽけーっとしながら頷いていた。「まあよかったじゃん。メイちゃんって変な子だけど喋《しゃべ》ったら面白いし、仲良くなってみたら？」

「いやでも急に来て何企《たくら》んでるのか分かんねえしな……」

警戒しちまうよ、とユカは嘆息を漏らしながら眉根《まゆね》を寄せる。裏でVTuberとして活動していることもあり、所構わず追い回されて普通に困っていた。

「モテモテだねぇ、ユカち」

「そんなんじゃねえって」苦笑で返す。

「ていうかメイちゃん私の前には全然現れないんだよねー。何でだろ」

「避けられてるんじゃねえの」

「あはは！　まさかぁ！　そんなことないでしょ！」

「………………」

「……ないよね？」

「いや知らねえけど」

いつもの平穏《へいおん》なお料理研究同好会の雑談が、そこにはある。

（じーっ……）

そしてそんな彼女たちの会話を壁に開いた穴から覗く女子が一人いた。

（はぁあああああ……センパイやっぱり今日も超可愛い……。いいなぁ。ユカって人がいなければ今頃あたしあの場にいたのになぁ……）

メイだった。

ユカにとっては神出鬼没《しんしゅつきぼつ》。ナナにとっては消息不明《しょうそくふめい》。

（……またいる）

そしてシノの視線のすぐ先で、むむむと頬を膨らませながら、メイはナナをじーっと睨む。

（ていうかセンパイ……いつになったらあたしに話しかけてくれるの……⁉）

入学から今に至るまで、メイとナナは巡り合うことができていない。

まるで運命に阻害《そがい》されているかのように。

（あたしずっとセンパイのこと待ってるのにいいいいいいいいいいいいっ‼）

その原因がいつもナナやユカを追いかけてこそこそとしている自分自身にあることに、メイはまったく気づいていなかった。

第七章 初心者でも簡単!! カレーライスの作り方講座

家庭科室のキッチンで女子高生二人がお辞儀《じぎ》した。

「こんにちは！　ナナとシノのお料理教室へようこそ！」

顔を上げるナナは動画映《どうがば》えするように、にこやかな表情を浮かべていた。

「………………」

しかしその隣《となり》。シノの表情は浮かない。

「シノちゃん？」

「訂正《ていせい》します。動画をご覧《らん》になっている時間帯が朝方の場合はおはようございます。夜の場合はこんばんはと申し上げるべきでした。大変申し訳ありませんでした」

「シノちゃん？」

どしたの？

「コンプライアンスに厳《きび》しい昨今《さっこん》に配慮《はいりょ》して誤解《ごかい》を生まないようにしたの」

「ドヤ顔でなんか言ってる……」

無駄《むだ》に堂々《どうどう》としているシノにナナは首を傾《かし》げる。「別にそんなことに注意しなくてもみんな分かってるんじゃない？」

「甘《あま》いわ、ナナ」

ぺちーん！

ナナの頬《ほお》をシノの平手打《ひらてう》ちが襲《おそ》う――――！

「何で⁉」

「間違《まちが》った情報を拡散《かくさん》することで間接的に事件の引き金になったらどうするの。今は新しい時代。偏見《へんけん》や差別《さべつ》を取り払うためにどんな分野でも人を傷《きず》つけないための配慮を最大限にしなければならないの」

「今のも充分《じゅうぶん》人を傷つける暴力《ぼうりょく》じゃないかなぁ⁉」

「教育のためには体罰《たいばつ》はやむなし」

「考え方が昭和《しょうわ》じゃん‼」

「動画を真似《まね》して子供が夜でも『こんにちは』と挨拶《あいさつ》したら責任が取れるの？」

「厄介《やっかい》なクレーマーみたいなこと言い出したよ……！」

「ということで今日の動画は正しい情報と各方面に対する配慮を最大限に考えた言動《げんどう》に努めるわ」

「息苦しい動画になるんじゃないかなそれ……」

「――それ、コンプライアンス配慮に対する批判《ひはん》かしら」

「いや全然そういうつもりはないけど」

「仕方ないのよ、ナナ。そういう時代なんだもの。過激《かげき》な言動は慎《つつし》むべき。ユカもそう思うでしょう？」

「そうだな」

カメラの向こうでユカは頷《うなず》いた。

なぜか窓の外を眺《なが》めていた。

「何で目を逸《そ》らしてるのユカち」

「べ、別に？」

普段耳舐《みみな》め配信を繰り返してYouTube規約《きやく》の上で反復横跳《はんぷくよこと》びをしている身としては気まずかったからだ。

「というわけで今日のカレー作りは配慮に配慮を重ねたクリーンな内容でお届けします」

冷静《れいせい》に告げるシノ。

「ていうか別にカレー作りで危《あぶ》ない言動なんて出るはずないんだけど……？」

怪訝《けげん》な表情を浮かべるナナ。

そんな流れでカレー作りの撮影が幕《まく》を開けた。


「えー、ではまずは最初にカレーの材料から紹介しますね！　今日の具材《ぐざい》はこちら！　にんじんとじゃがいも、それから牛肉《ぎゅうにく》。市販《しはん》のルー！　まあ要するにシンプルな普通のカレー――」

「待って」

「ん？」

メガネくいっ。

「普通って――何？」

「超めんどくさいじゃん……」

普通という言葉がコンプライアンスに引っかかったらしい。

ナナは「一般家庭でよく見るレシピです」と言い換《か》えた。

「……では気を取り直してカレー作りの続きをするね！　まずは野菜《やさい》を切るところから！　ちなみに包丁《ほうちょう》を持つときは猫《ねこ》の手《て》――」

「待って」

「……ん？」

メガネくいっ。

「猫の手って――何？」

「…………」

ナナは死んだ顔で「猫の手とはこういうものです」と例を出した。

「じゃあ野菜を切ってい――」

「補足《ほそく》します」メガネくいっ。

「シノちゃん？」

「ナナは現在包丁を持っていますがこれは料理のためであり決して銃刀法《じゅうとうほう》に違反《いはん》するためではありません」

「シノちゃん？」

「尚《なお》、銃刀法とは正式には銃砲刀剣類所持等取締法《じゅうほうとうけんるいしょじとうとりしまりほう》のことであり、これによると刃物《はもの》や銃を理由もなく持ち歩くことは禁じられています。刃物の場合、刃渡《はわた》り6センチを超えるものを理由なく持ち歩いていた場合、2年以下の懲役《ちょうえき》か30万円以下の罰金《ばっきん》が科されま――」

「長いよ!!!」

もう説明聞き飽きちゃったんですけど！

「すべては偏見や差別、そして過《あやま》ちを生まないための配慮」

「料理のために包丁持つだけでそんな問題が起きるとは思わないんだけど!!」

「動画を見て包丁を持ち歩かれては大変」

「そんな子いないよ!!」

「果たして本当に――そうかしら」

メガネくいっ。

「ていうかさっきからやってるそれ何なの!?」

「コンプラにうるさい人の真似」

「シノちゃんが一番偏見にまみれてるよ!!」

「偏見じゃないわ」

「じゃあ何？」

シノは再度メガネをくいっとさせながら、満を持して言った。

「――個人の感想」

「便利な言葉だね……」

「面倒《めんどう》なことを言われたら全部これで返せば大丈夫《だいじょうぶ》」

「そうなんだ」

じゃあもう全部それでいいじゃんと思ったがナナは口をつぐんだ。

「ということで気を取り直してカレー作りを再開していきましょう」

「そうだねっ！　じゃあ野菜の皮むきから――」

「ここで諸注意です。じゃがいもの芽《め》にはソラニン、チャコニンといった毒《どく》が含《ふく》まれているため皮むきの際は必ず芽を取り除くようにしてください。また、皮部分が緑色に変色しているじゃがいもにも食中毒《しょくちゅうどく》の危険性があり――」

「シノちゃん？」

「また、本動画ではカレーの具としてにんじんを採用していますが、これはあくまでレシピの一例であり、にんじんが苦手《にがて》な子供に対してにんじんを食べさせることを強要させる意図《いと》はありません。ご了承《りょうしょう》ください」

「シノちゃん？？？？？？？」

「余談《よだん》ですが小さい子供の中でにんじん嫌《ぎら》いが多い原因をご存じでしょうか。驚《おどろ》くことににんじん嫌いの理由は多岐《たき》にわたり、煮《に》たときの食感《しょっかん》が苦手、色味《いろみ》が苦手、なんか甘くて苦手……など、子供によって苦手意識を持つ理由がばらばらなのです。数多くの料理に普遍的に使われる割には味がちょっと独特だからこのような事態が起こるのでしょう。そのため苦手意識の原因に合わせた対策

「が必要とされています」

「あの」

「ところで本動画では牛肉を採用していますが決して菜食を否定する意図はございません。あくまで動画の視聴者の傾向を分析した結果、日常的に肉を食べる成人男性の割合が多かったため、ニーズに合わせた動画作りの一環《いっかん》としてメニューを決定しただけのことであ――」

「いやだから長いってばああああああああああ!!!」

その後もナナが何かをする度にシノから諸注意が入り、動画の尺《しゃく》はめちゃくちゃに伸《の》びた。結果としてカレーは微妙《びみょう》な出来になったが、市販のルーを作っている業者に配慮して「おいしいね！」とカメラに笑顔を向けることになった。

そんなこんなで出来上がった動画をチェックしながらシノは尋《たず》ねる。

「この動画面白《おもしろ》いと思う？」

ナナは答える。

「個人の感想だけど諸注意だらけであんまり面白くないと思うよ」

「個人の感想といえば何でも許されると思ったら大間違《おおまちが》いよ、ナナ」

「最初に言ったのシノちゃんなんですけど!?」

ちなみに動画はコンプライアンスに配慮してお蔵《くら》入りになった。

第八章 ＊ 女子高生の通話に混ざるデスゲームの主宰

「よう」

『あ、へいへいユカち。私の声聞こえてる？　愛《いと》しのナナちゃんだよ』

「聞こえてるよ」

『愛しのナナちゃんってことは否定《ひてい》しないんだね！　ユカちったら私のこと好きすぎでは？』

「通話切っていいか？」

『ごめんなさい』

「分かればよろしい」

――**ふははははは。**

『さて、それじゃあ今日も勉強会やってくよ！　ユカち』

「別に今テスト前じゃないけどな」

『こうして普段《ふだん》から勉強会を定期的に開くことで学力向上を図《はか》っていくんだよユカち』

「成果が出ればいいな」

『あと普通に土日もユカちの声聞きたいから……』

「そっか（お前ＡＳＭＲでもしょっちゅうあたしの声聞いてるじゃんと言いたげな顔）」

――お目覚めのようだね。ここは廃工場……。私のゲーム会場だ……。

『ところでユカちは今何してんの？』

「何してると思う？」

『なんかめんどくさい彼女みたいな聞き返し方してくるね』

――おっと。無闇《むやみ》に首輪《くびわ》を動かさない方がいいぞ？　その首輪には特殊《とくしゅ》な仕掛けが施《ほどこ》してあるのだ。無理に外そうとすると……あとはどうなるか分かるな？

「……ちなみにあたしは今、課題解いてるところなんだけど」

『うん』

――貴様らが今いるその部屋は仕掛けを解かない限り出られない仕組みとなっている……。言わば密室というわけだ。

「お前は何してんの？」

『え？　普通に課題解いてるよ？』

「そうなんだ」

『うん』

――制限時間は10分！　その間に密室に隠された謎を解き、脱出することができるかな……？

「ところで一個聞いていい？」

『どしたの？』

――どうした？　足がすくんで身動きも取れないのか？

「さっきから入ってるこの音声何？」

『よく分かんない』

——さあゲームスタートだ！

「こいつ誰だよ!!!」

『デスゲームのゲームマスターさんだって。アカウント名書いてある』

——ふふ……。あれ？　聞こえなかった？　ゲームスタートだ、って言ったんだけど。

「誰に向かって話しかけてんのこれ」

『多分デスゲームのプレイヤーじゃないかなぁ』

——ふふ……貴様ら？　おい貴様らー？　私の声は聞こえているのか？　……聞こえていたら右手を上げてもらってもいいですか？

「しかも全然聞こえてねえじゃねえか!!」

『ちょっと不安になってるね』

——すみません。お尋《たず》ねしたいんですけどこれってプレイヤーのところに音声いってますか？

「…………」

『…………』

——あ、お二人に聞いてるんですけど。

「あたしたちかよ!!」

——プレイヤー側との接続状態悪いんですけど原因とかってご存じですか……？

『すごい低姿勢』

「知るわけねえだろ!!」

——何かこっちの端末《たんまつ》で映像は観《み》られるんですけど音声だけ入ってきてないんですよ……。これ何が原因かご存じですか?

「知らねえよ!!」

『ていうか今まで私たちの会話聞いてたんですか?』

「何でお前そんな冷静なの」

——いやまあ普通に聞いてましたけど。

「お前も普通に答えるのかよ」

『女子高生の会話盗み聞きするとかキモすぎー!』

「急にギャルみたいな口調になるな」

——いや盗み聞きしてたわけじゃないですよ? さらってきたプレイヤー二人が話してるのかと思ってたんです。

『さらってきたプレイヤーって私たちみたいなぴちぴちのギャルだったんですか』

——無職《むしょく》の40代独身男性二人ですけど。

「お前耳鼻科《じびか》行ってこいよ」

——いやあプレイヤーにしては若くて可愛《かわい》い声だなぁ、変だなぁ、って思ってたんですよね。

『ユカち、ユカち! この人いい人かもしれない』

「デスゲームやるようなやつがいい人間なわけねえだろ」

――とりあえずお二人はデスゲームとは何も関係ない女子高生ということでいいですか。

『そういうことになりますね。私たち可愛いこと以外は普通の女子高生なんで』

「多分間違えたＵＲＬとか踏《ふ》んだんじゃねえの？　ここあたしたちの雑談《ざつだん》サーバーだし」

――おかしいですねぇ……、デスゲームの会場で使ってるパソコンからログインしただけなんですけど……。

「それお前のパソコンなの」

――いや普通に落ちてたパソコンですけど。

「拾《ひろ》い物《もの》でデスゲームしてんじゃねえよ!!」

『人の物を勝手に使うとかマジキモいんですけど！』

「今日お前そのキャラで行く気なのか？」

――はあ～。何がいけないのかなぁ。配線の方で不具合《ふぐあい》起きてるのか……？　もう一回最初からやり直すしかないな――。

『……あ、デスゲームの主宰《しゅさい》さんの通信切れた』

「ようやく出ていきやがったか。何だったんだあいつ」

『新手《あらて》のナンパか何かかなぁ。私たちぴちぴちのギャルだし』

「どうでもいいけど今時の女子高生はぴちぴちのギャルみたいな死語《しご》使わないと思うぞ」

ぴちゃっ……ぴちゃっ――。

「…………」

『さ、とりあえず気を取り直してお勉強会始めよっか、ユカち』

「へいへい」

たぱたぱたぱたぱっ！

「…………。ところで一個聞いていい？」

『どしたのー？』

ぴちゃっ――。

「なんかお前の後ろから水の音聞こえるんだけど何これ？」

『ＡＳＭＲ』

「何聞いてんだよお前!!」

『今のはツバ子がジェルボールで耳全体をほぐしてくれてるところだね』

「冷静に解説すんな!!」

『ちなみにこれは睡眠導入《すいみんどうにゅう》配信だよ』

ふふっ……寝ちゃってもいいんだよ……？

『あ、ツバ子の囁《ささや》き声だぁ……』

「一応聞いときたいんだけどお前どの端末でその音声聴いてんの」

『馬鹿《ばか》でかいスピーカー』

「お前どっかおかしいよそれ……」

ぐちゃぐちゃッ！　グチャッ！

『あっ、あっ、すごっ……！』

「全然寝かせる気ないじゃんこのＡＳＭＲ」

『寝ていいよと言いつつ眠らせないようにジェルボールで激しくお耳をたぷたぷしてくる……ツバ子は天然のＳだね！』

「そうかもな（何も考えてないだけだぞと言いたげな顔）」

――あの～、すみません。ちょっとよろしいでしょうか……？

『あ、デスゲームの主宰さんが戻ってきた』

「何でだよ‼」

――やっぱり密室と通信繋《つな》がらないんですけどどうしたらいいですか？

「お前あたしたちをカスタマーセンターか何かと勘違《かんちが》いしてないか？」

『なになにー？　お兄さんひょっとして私たちと遊びたいのー？　超キモいんですけど！』

「お前のそのキャラ何なの？」

――色々やってみたけどやっぱりダメでして……。このままじゃデスゲームもままならないんですよねぇ。

『中止したらどうですか？』

――えー？　中止ですかぁ……？　それはちょっと……。

「ていうかさっき通信切る直前に配線がどうとか言ってなかった？　物理的な不具合でも起きてん

じゃないのそれ」

——私もそう思って配線全部確認したんですけどダメでしたね。

『そうなんだ』

——ちなみに密室の中も正常でした。

「入ったのかよ!!」

『じゃあもうそれ密室じゃなくない？』

——とりあえず一回改めて最初から状況を説明させてもらってもいいですか？

ふふっ……気持ちよかったかな？

「………。まあ別にいいけど」

『私たちじゃ分かんないかもしれないですけど大丈夫ですか？』

——大丈夫です大丈夫です！　もしかしたら何かがきっかけでトラブルの原因が分かるかもしれないんで！

それじゃあ次はお耳をマッサージしてあげるね……♡

「………」

——それじゃあ言いますね。

『はい』

行くよ……♡

——まず、

ボオオオオオオオオオオオオオオオオオオオオオオオオオオオッ!!!

「何も聞こえねえよ!!!」

――えっ、えっ。何ですかこの不快《ふかい》な音。

『あ、今ツバ子がお耳をマッサージしてるとこです』

――ツバ、子？　マッサージ……？　え？　どなたか他にいらっしゃるんですか？

オオオオオオオオオオオオオオオオオオオオオ……!!!

――うわあ。なんか化け物みたいな声ですね。

「そうだね（バイノーラルマイクを両手で押さえるとそういう感じのこもった音が出るんだよと言いたげな顔）」

『ユカちが投げやりになった』

――ところでこのパソコンのアカウント名、シノって書いてあるんですけどどなたかご存じですか？　廃工場に置いてあったんですけど。

『シノって……ひょっとしてシノちゃんのことかな？』

「……それ多分あたしたちの友達だわ」

――えっ！　女子高生のパソコンなんですか!?

「テンション上がってんじゃねえよ!!」

『キモいんですけどー！』

えいっ♡　えいっ♡　気持ちよくなぁれ♡

「…………」

お次はどこを攻めちゃおうかなぁ……♡

『…………』

――多分ですけどあなたたちも結構キモいですよ。

「急に引いてんじゃねえよ!!!」

『デスゲームやってる人に言われたくないんですけどー！』

――あのう。とりあえずシノって子に連絡取ってもらってもいいですか？　音声の繋げ方教えてもらいたいんで。

「ていうか何でシノのパソコンが廃工場に置いてあるんだ……？」

『多分デスゲームでも開こうと思ったんじゃない？』

「何してんだあいつ」

『とりあえずシノちゃんに連絡してみるね！』

――ちなみにシノちゃんってどういう子ですか？

「興味持ってんじゃねえよ！」

『メガネかけてて真面目《まじめ》な女の子だよ』

――マジですか？　彼氏とかいますか？

「おい！　こいつシノのこと狙《ねら》ってるぞ!!」

――真面目な感じの女の子っていいですよね。

『キモーい！』

ふふ……次はどんないたずらしちゃおっかなぁ……♡

――あ、いたずら好きの子も結構好きですよ！

「見境《みさかい》ねえな‼」

『……あ、シノちゃんから連絡返ってきた』

「早いな」

――デスゲームやる男とかどう？　って聞いといてもらえますか？

「目的変わってるじゃねえか‼」

今夜は寝かさないぞ……♡　なんちゃって。

『読み上げるね！　えっと、「廃工場に放置《ほうち》しておいたパソコンはトラップ」だって』

「トラップ？　……って何だ？」

『なんか悪い人間が使ったら通報《つうほう》が行くように設定されてるんだって』

――えっ。

あっ。今ビクッってしたね……♡

『しばらくしたら廃工場に警察《けいさつ》が来るって書いてある』

「何でそんなところにトラップ仕込《しこ》んでるんだあいつ」

『さあ……？』

――ちょっと私、用事思い出したんで退出してもいいですか。

『あ、逃げようとしてる』

可愛いね……♡

――ふ、ふははは！　今回はこの辺で勘弁《かんべん》してやろう！

『去り際だけかっこつけようとしてる』

「小物臭《こものしゅう》がすごい」

――そ、それではさらばだ！

『……あ、接続切れた』

「逃げたな」

『こうして私たちの雑談サーバーには平穏《へいおん》がもたらされたのであった……』

「結局何だったんだあいつ……」

『新手の荒《あ》らしとかじゃないかなぁ……』

「それにしては妙《みょう》に言動《げんどう》にリアリティーあったような気がするけど」

『あはは！　やだなぁ。デスゲームなんて現実にあるわけないじゃん。シノちゃんも空気読んで冗談《じょうだん》言ってくれただけだって』

「だったらいいけど」

『ユカち、ひょっとして現実と空想の区別がつかないタイプ？　可愛いですなぁ』

「うるせ」

『ま、荒らしの人もいなくなったことだし、お勉強会再開しよっか』

「ま、そうだな」

じゃあ次は……お耳はむはむしてあげるね……♡

「………。ところでこの音声いつまでつけてんの？」

いくよ……？

『え？　何言ってるのユカち。ツバ子と私は一心同体《いっしんどうたい》だから常につけっぱなしにするけど？』

「じゃあ雑談サーバーに平穏もたらされてないんだけど」

『ツバ子がすぐそばにいる……それだけでも平穏だと思わない？』

「あたしにとっては不穏《ふおん》な要素でしかないんだけど」

はぁああ――むっ――。

「（死んだ顔してる）」

『あっ、あっ。ツバ子がすぐそこにいる気がする……』

「お前も現実と空想の区別ついてないじゃねえか!!!」

こうしてナナとユカの勉強会は終始背後で睡眠導入配信（睡眠導入させる気がない）を流したまま執《と》り行われた。

それから数日後に廃工場に奇妙《きみょう》な仕掛けが残されていたことが発見された。現場近くで怪《あや》しい覆面《ふくめん》を被《かぶ》った男が捕まったがナナとユカは素知《そし》らぬ顔をした。

第九章 VTuberと魔王

魔王《まおう》が街をうろついていた。

「ククク……今日は何をしてやろうかのう」

それは日曜日の昼過ぎのこと。

一人で歩きながら呟《つぶや》く様子はまるで不審者《ふしんしゃ》のよう。妙《みょう》に露出度《ろしゅつど》が高い格好《かっこう》も不審者のよう。もしかしたら本当にただの不審者かもしれない。

そんな感じで目的もなく彷徨《さまよ》っていた魔王は、気がつくといつもクソガキと戯《たわむ》れている公園《こうえん》までたどり着いていた。

「む」

今日の公園は静かだった。子供たちの姿は見えない。

代わりにベンチに一人の少女が座っているだけだった。

ラフなシャツにショートパンツ。髪《かみ》はショートの茶色《ちゃいろ》で前髪《まえがみ》をヘアピンで留めている。格好は違えど、その見た目には見覚えがあった。

（あれは……この前の学生じゃな？）

名前はよく知らない。確《たし》かナナと呼ばれていただろうか。魔王は記憶力がよかった。

一人でベンチに座っているナナは真剣《しんけん》な表情をしており、こちらに気づく様子はない。何となく知っている顔を見て嬉《うれ》しくなった魔王はとことことナナの方へと足を向ける。

「おうおうおぬしー。一体こんなところで何をやって――」

そして手を上げる魔王。

しかしナナは魔王に気づいていなかった。

「…………………」

片手を口元に添《そ》えつつ、横画面にしたスマートフォンをじっと眺《なが》める。一体何を見ているのだろうか？

「おぬし？」

凄《すさ》まじい集中力。魔王が隣《となり》に腰《こし》を下《お》ろしても相変《あいか》わらず画面を見ていた。

見るとナナの耳からうどんの切《き》れ端《はし》みたいな何かが垂《た》れている――それはワイヤレスイヤホンと呼ばれる端末《たんまつ》だったが、魔王はよく分からなかったのでとりあえず引っこ抜いた。

きゅぽんっ。

「おいっ。おぬし！　わらわを無視《むし》するでないぞ！」

耳元《みみもと》で叫《さけ》ぶ魔王。

「ぴゃあああああああああああっ!!」

直後に絶叫《ぜっきょう》が公園内に響《ひび》き渡った。

突然意識を現実に引き戻されたナナは、顔を真《ま》っ赤《か》にしながらベンチから崩《くず》れ落ちる。そのままパニック状態に陥《おちい》り、なぜかもう片方のイヤホンを引っこ抜き、はわはわと慌《あわ》ててスマートフォンと一緒《いっしょ》に地面に叩《たた》きつけた。

画面が上向きになった。

ついでに今ナナが見ていたものがそのまま再生された。


『はあ……はあ……凄《すご》いね……♡』


いかがわしい声が二人の間で響き渡る――!!

「なんじゃこれ?」

「見ないでぇっ!!」

覆《おお》い被《かぶ》さるナナ。

『もっと……ツバキのことをいっぱい見て……♡』

「見てって言っとるが?」

「言ってないっ!!」

香箱座《こうばこずわ》りしている猫《ねこ》のような姿勢《しせい》のまま威嚇《いかく》するナナ。

おぬしが勝手に慌てて勝手にキレとるだけじゃんと魔王は密《ひそ》かに思ったが、本人が嫌《いや》そうにしているのでそれ以上追及《ついきゅう》することはなかった。魔王は大人だった。

「ぶいつーばー？」

ほどなくして落ち着いたナナから聞いた話だった。

「ぶいつーばーじゃなくてＶＴｕｂｅｒだから」と冷静《れいせい》に指摘《してき》されつつ詳細《しょうさい》を教えてもらう。ＶＴｕｂｅｒとは早い話が絵を被っている配信者であり、簡潔明瞭《かんけつめいりょう》に言うならラジオのようなもの。

「今日はユカちとお出かけする予定だったんだけど、待ち合わせに早めに着いちゃったから配信のアーカイブ聴いてたの」

「はいしんのあーかいぶ」

「ちなみにこの子は私の推《お》しの配信者でお花の妖精《ようせい》っていう設定なんだけどとにかく可愛《かわい》くてトークが面白《おもしろ》くてなんだか女友達みたいな感覚になれるめちゃくちゃいい配信者ちゃんなんだよ超おすすめ。花鉢《はなばち》ツバキって言うんだけど」

「はなばちつばき」

よく分からない単語の連続に魔王は首を傾《かし》げる。

魔王に画面を見せるナナ。画面の端でうにょうにょしている花鉢ツバキの映像がそこにはある。ＶＴｕｂｅｒのよさはいまいち分からなかったが「ほおう、なんか凄いのう」とテキトーに頷《うなず》く魔王。興味ゼロ。

余談《よだん》だがナナは拒否反応《きょひはんのう》を示さない相手は問答無用《もんどうむよう》で即座《そくざ》に取り込もうとする粘《ねば》っこい性質《せいしつ》を持っていた。

「おっと！　演劇部《えんげきぶ》ちゃん、興味津々《きょうみしんしん》のようだね！」

「どこをどう見たらそう言えるんじゃおぬし」

あとわらわは魔王じゃ！　と訂正《ていせい》する魔王。

ナナはふむふむと頷いた。

「マオちゃんって言うんだ。名前初めて知ったかも」

「マオじゃなくて魔王なんじゃが？」

「ところでマオちゃん、ツバ子の配信、もっと奥まで追ってみたいと思わない……？」

「おぬしって話通じないタイプの女か？」

「大丈夫《だいじょうぶ》！　マオちゃんもツバ子の配信を見始めたらきっと私みたいになるから」

「ヤバいやつの仲間入りしろってことか？」

などと突《つ》っ込《こ》む魔王を無視してナナはワイヤレスイヤホンを取り出し、目にも留まらぬ速さで魔王の右耳に一つねじ込み、もう片方を自身の左耳に突っ込んだ。

「何するんじゃおぬし!!」

「まあまあ！　まずは一回聴いてみて？　そしたらすっごく好きになるから」

「いやだからわらわは別に興味な――」

拒否する魔王を無視してナナは再生ボタンをタップする。

中断していた動画が再生される。

『はぁぁああ……♡　ジュルルルルルルッ!!　ズルルルルルルルッ!!』

「ぎゃあああああああああああああああああっ!!」

まるで耳の奥まで舌《した》をねじ込まれているかのような感覚が魔王に突然襲い掛かる。背筋《せすじ》がたいへんぞくぞくする。なんか脳《のう》が吸われているみたいだった。

『次は反対側をするねぇ……♡』と囁《ささや》かれたところで何だか怖《こわ》くなった魔王はそのままイヤホンを引っこ抜いて地面に叩きつけた。

「ちょっとマオちゃん!! 急に何、あっ、あっ……奥ぐりぐりされてる……っ!」

「おぬしどっかおかしいよ……」

公園のベンチの上——そこには恍惚《こうこつ》とした表情を浮かべる女子高生と変なコスプレをしたまま引いている女の姿があった。

日曜日の昼間のことである。


「いきなり耳舐《みみな》めは刺激《しげき》が強かったみたいだね」

ぶん投げられたイヤホンを拾い上げつつ、初心者はこれだからといった様子でナナは肩をすくめる。その上でASMRは花鉢ツバキが最も得意とする配信形態の一つだと得意げに語った。

「これを楽しめるようにならないと一人前のミツバチとは言えないよ、マオちゃん」

「いやわらわ別にそのミツバチとやらになりたいと思ってないんじゃが?」

「もうちょっとソフトなやつから順に聴いてみよっか」

「ちょっとは話聞けやおぬし!!」

問答無用で魔王の耳にイヤホンをねじ込むナナ。既《すで》に聴かないという選択肢《せんたくし》は魔王には存在していないらしい。

「というかおぬしさっきは恥《は》ずかしがってたじゃないか」

「でもマオちゃんも同類《どうるい》だって分かったから……」

「同類じゃないんだが⁉」

「ふふ……、今はね……」

「得意げな顔するのやめんか!!」

突っ込みをしたところでナナの暴走は止まらなかった。目にも留まらぬ速さで魔王を沼《ぬま》にハメるために最適な動画を配信アーカイブから引っ張り出してきて、再生する。

「ちなみにツバ子は普段は結構健全《けんぜん》な配信をしててね、この前もこういう感じの雑談配信してたんだよ」

再生と同時にシークバーを動かして、トークが一番盛り上がっていたところまで飛ばす。ナナにとって面白い箇所《かしょ》を探すことなど造作《ぞうさ》もないことだった。なぜなら再生回数が多い場面は目立って表示されるから!

一瞬のロードの後、花鉢ツバキのキレキレで爆笑必至《ばくしょうひっし》のトークが走り出す──!

『ねえみんな、聞いて！　そういえばこの前ツバキね、すっごい体験したの。道を歩いてたら向こうから犬が近づいてきてね、「わー犬だぁ、可愛いなぁ」って思ってしゃがんだのね？　そしたらその子、何だったと思う？　ただのビニール袋だったの！』

「…………………………………」

『あははははっ！　面白いよね！』

「………………………………」

ナナは満面《まんめん》の笑《え》みで魔王を見た。

「ね？　超面白いでしょ！」

超つまんねえ――。

「ふふふ。マオちゃん。あまりの面白さに言葉も出ないようだね……！」

つまらなすぎて絶句《ぜっく》しとるんじゃが――？

「…………」

魔王は画面の中で『それでねそれでね――』と楽しそうな表情を浮かべる花鉢ツバキを眺める。

じっくりと、眺める。

余談だが魔王は異世界を統《す》べる王であり、身体能力は人類のそれを大きく上回る。魔王イヤーは隣の部屋でかさかさしているGの音を聞き取り、魔王アイは塩素《えんそ》まみれのプールの中で開けても赤くならず、そして魔王マウスはニンニク料理を食べた翌日もいい匂《にお》い。

「…………」

（マオちゃん……凄い集中して聴いてる……！　きっとツバ子の声で脳がやられちゃったんだね。その気持ち分かるよ……ツバ子の声はヤクみたいなもんだからね……）

腕組みしながら満足げに頷くナナ。

ハードルを上げた末のトークのつまらなさは確かに言葉を失うに値するものだったが、それ以上に魔王は別の理由で花鉢ツバキの配信に聞き入っていた。

「……ふむ」

深く頷きながら、魔王は静かに、思った――。

(こいつユカちとかいうやつじゃん――)

魔王は耳がよかった。

とにかく耳がよかった。大体一度聞いた人間の声は多少トーンを変えた程度では聞き間違えることはない。

イヤホン越しに聞いた声は紛《まぎ》れもなく先日も会ったユカのものだった。

ヤンキーみたいな見た目しといて甘ったるい声で配信しているユカの姿を想像して魔王は普通に真顔《まがお》になった。

「ちなみに他にもこんな配信してるよ!」

一方でナナはもはや魔王を仲間に引き入れる気満々だった。

動画を切り替える。

『じゃあ次は耳かきしようねー♡』

(うわあ……)

『ふーっ♡』

「ちなみになんとツバ子には女性視聴者も結構いるんだよ！　ほら見て、この配信！」

（うわあ……）

ナナは動画を切り替える。

『ねえちょっと見てこの子！　超可愛い～♡』

どうやら視聴者のデート服をチェックする配信らしい。花鉢ツバキが際《きわ》どい格好をした女の子の画像の真横で笑みを浮かべている。

ところで魔王は目もよかった。

（これもユカちとかいうやつじゃん――）

画面に表示されている自撮《じど》り画像の正体に一瞬で気づく魔王。

『ちょっと派手《はで》だけど、こういうファッションできる子っていいよね。顔も可愛いんだろうなぁ』

（自分で自分を褒《ほ》めとる……）

『ツバキもこんな子とデートしてみたいなぁ♡』

（めちゃくちゃヤバいやつじゃなこいつ）

既に魔王の中では花鉢ツバキのアバターを素通《すどお》りしてユカの姿が脳裏《のうり》に浮かぶようになっていた。

「順調に沼にハマってるようだね……マオちゃん……！」

満を持してナナは動画を切り替える。

いかがわしいＡＳＭＲ配信である。

（耐性《たいせい》がつき始めた今なら、きっとマオちゃんも受け入れてくれるはず――！）

次こそは一緒に気持ちよくなってくれるに違いない――。

(沼に沈めええええええええっ!!)

ナナは同志を見つけた嬉しさと恥ずかしい趣味を共有できる仲間を見つけた喜びを胸に再生ボタンをタップする――!


『はぁ〜むっ♡　ジュルルルルルッ!!』


「ぐああああああああああああああああああああああああああっ!!」

まるで耳の奥まで舌をねじ込まれているかのような感覚が再び魔王に突然襲い掛かる。背筋がたいへんぞくぞくする。吸われてはならない大事な何かが耳から吸い取られている気がした。

「キモいんじゃボケがああああああああああああっ!!」

問答無用でイヤホンをぶん投げる魔王。

「ちょっとマオちゃん!!　何し、あっ、あっ……奥だめぇ……!」

「おぬしやっぱどっかおかしいよ……」

公園のベンチの上――そこには相変わらず恍惚とした表情を浮かべる女子高生と変なコスプレをしたまま引いている女の姿があった。

日曜日の昼間のことであった。

ほどなくしてユカが来た。

「悪い。ちょっと遅れた」

自然なトーンの声。裏で耳を舐《な》めて『すごいね……♡』と言っている卑猥《ひわい》な女子にはとても見えない。

「ううん、大丈夫だよ。私も今きたとこっ」

ひたすらＡＳＭＲを聴いて何かが満たされたのか、ユカに答えるその表情はどこか満足げに見えた。

ところで何で演劇部いんの？　と不思議そうに尋《たず》ねるユカに対して、ナナはえへんと胸を張る。

「ユカち、演劇部ちゃんじゃなくてマオちゃんだよ。今日友達になったの」

「へえ」

「ちなみにさっきまで一緒にツバ子の配信聴いてたの」

「……へえ」

一瞬ぴくりと反応するユカだったがナナがその変化に気づいた様子はない。誇《ほこ》らしげな様子でナナは語る。

「ちなみにマオちゃんもツバ子のファンになったんだよ」

「なってないんじゃが？」

「ＡＳＭＲで一緒にリラックスしたんだ……」

「わらわは全然してないんじゃが？」

その後なんやかんやで予定通りにナナとユカは一緒に出かけることになった。「暇ならお前も来る？」ユカは軽いノリで尋ねる。魔王も魔王で暇を持て余していたために頷いた。

三人で向かった先は近場のショッピングモール。魔王があまりにも奇抜《きばつ》すぎる格好なため、普通の服を見繕《みつくろ》うことになった。その最中にユカが「お前これ似合《にあ》うんじゃね？」とゴスロリ衣装を推してきたため、魔王は「こいつわらわのこと狙《ねら》っとるじゃろ」としばらく警戒《けいかい》することになった。

ちなみにゴスロリ衣装は買った。

第十章 ＊ 初心者でも簡単！よくかかる催眠術講座

家庭科室のキッチンでナナとシノがお辞儀《じぎ》した。

「いや催眠術《さいみんじゅつ》て!!」

ぱしーん！

シノの胸元《むなもと》にナナの手の甲《こう》が叩《たた》きつけられる。典型的《てんけいてき》すぎる突《つ》っ込《こ》みにシノは真顔《まがお》になった。

「急になに」

「催眠術て!!」

なんでやねーん！

関西人《かんさいじん》でもないのに関西っぽい訛《なま》りを交えるナナにシノはイラッとした。ともあれナナは言葉を続ける。

「タイトルからしておかしいんだけど!!」

お料理教室の動画なのにキッチンに置かれているのは紐《ひも》にくっつけられた五円玉だけだった。お料理研究同好会《りょうりけんきゅうどうこうかい》とは？

「今日のレシピはこちら」

「レシピじゃないよ!!」

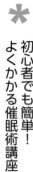

「ナナ。これは何だと思う？」

「ただの五円玉でしょ」

「催眠用の振《ふ》り子《こ》よ」

「ただの五円玉だよ!!」

「今日は誰でも簡単《かんたん》にできるというコンセプトのもと、私が催眠術のやり方を伝授《でんじゅ》してあげる」

「……シノちゃん催眠術とかやったことあるの？」

「これがあるから大丈夫《だいじょうぶ》」

言いながらシノは紐付きの五円玉の隣《となり》に一冊の本を置いた。

『初心者でも簡単！　漫画《まんが》でわかる催眠術』

催眠術とは特に関係なさそうな美少女キャラがこちらに笑顔《えがお》を向けている本だった。参考書《さんこうしょ》コーナーの角《かど》の方とかに置いてありそう。

「それ何」

「さっき買った」

「初心者じゃん!!」

「ナナ。人間誰しも最初は初心者なの」

「動画撮影《さつえい》は初心者がやることじゃないと思うんだけど!?」

「五円玉を揺《ゆ》らすだけだし簡単よ」

「めちゃくちゃ催眠術ナメてるじゃん」

「今日は本を読んだ上で私なりのアレンジも加えてみた」

「初心者がやりがちな地雷《じらい》全部踏《ふ》まないと気が済《す》まないの？」

料理のレシピ本を読んで『私って味濃《こ》いのが好きだから塩多めに入れちゃお～♡』『ちょっとここで独自《どくじ》のアレンジ加えちゃえっ。えいっ♡』などとナメたことをぬかした結果、調理に失敗する初心者を見ているかのようだ。料理を始めたてだった頃の自分自身を思い出してナナは頭が痛くなった。

そんなナナに対してシノはメガネを光らせる。

「ナナ、大丈夫。私は失敗しない。必ず成功させるわ」

「やる前からそんなにハードル上げちゃって大丈夫？」

「催眠術にかかる人間には100％かかるとこの本にも書いてあったから大丈夫」

「そうなんだ。……それ普通のこと言ってない？」

パンを食べたら100％の確率でパンが胃《い》の中に入りますみたいな意味じゃんとナナは思った。

「ちなみにこの本によると催眠術にかからない人間は『催眠術に対して偏見《へんけん》を抱いている最低の人間』『数秒間五円玉を見つめることもできない馬鹿《ばか》』もしくは『ノリが悪い最低の人間』のどれかに分類されるそうよ」

「やりづらいよ!!」

「それを踏まえた上で催眠術をお楽しみください」

「かからない方が悪みたいな空気やめて!!」

「というわけでやるわ」

すっ――と催眠用の振り子（五円玉）を手に取るシノ。カメラの前にナナを立たせ、ゆらゆらと揺らし始める。

「あなたはだんだんだん眠くなる……」

「…………」

「だんだん眠くなる……」

「…………」

「眠くならないの……？」

「…………」

「…………」

やがてシノは五円玉をその場に置いて分かりやすくため息をついた。

「ノリ悪」

「こんな空気で催眠術かかる方がおかしいよ!!」

「ナナ。ここで催眠術にかかった振りの一つでもできないと、偏見まみれでノリが悪くて頭が悪い最低の人間だと思われるわ」

「これ催眠術っていうより一種のパワハラでは？」

「四つん這《ば》いになってわんわんしなさい」

「セクハラの方かな？」

「犬《いぬ》プレイしなさい」

「しないよ!!」

「わんわん!!」

「!?」ナナは驚《おどろ》いた。自身の真後ろから妙《みょう》に犬っぽい声が聞こえたからだ。家庭科室に犬でも迷い込んできちゃったのかな？

振り返るナナ。

ユカが四つん這いになっていた。

「わん!!」

「ゆ、ユカち!!!」

「わふっ」つぶらな瞳《ひとみ》で見上げるユカ。

「ゆ、ユカちっ……!!!」

カメラに向かって催眠術を披露《ひろう》していたからだろうか。疑心暗鬼《ぎしんあんき》に陥《おちい》っていたナナの代わりにぼけーっと撮影していたユカの方が催眠状態に陥っていた。

そんな状況にシノはふむと頷《うなず》く。

「困《こま》ったわ」

「シノちゃん？」

「まさかこんな馬鹿みたいな催眠術にかかる子がいるなんて」

「馬鹿みたいって言った」

「かかるわけないと思ってたのに」

「そんな認識でさっき私にあれこれ言ってきてたの――？」

「わんわん」

会話する二人の間に意味もなく挟《はさ》まるユカ。

試しに「お手」とシノが手を差し出してみれば嬉《うれ》しそうに「わんっ！」と右手を乗せてくる。頭を撫《な》でてみれば嬉しそうに目を細める。なんか絵面《えづら》がヤバいなぁとナナはぼんやり思った。

「シノちゃん、催眠術解《と》いてあげたら？　こんなところ見られたらユカちがヤバい子だと思われちゃうかも」

「そうね」

頷くシノ。

それから直後に首を傾《かし》げた。

「……どうやって解けばいいの？」

「知らないの⁉」

「やるの初めてだから」

「よくそれで動画にしようと思ったね‼」

さっきの本貸して！　ナナはシノから催眠術の参考書を回収する。ぱらぱらめくると最後の方のページに解き方が書いてあった。

「シノちゃん、この通りにやれば大丈夫なはずだよ！」

「やるわ」

書かれてある通りに実践《じっせん》するシノ。「あなたはだんだん元の姿に戻る……戻る……」と囁《ささや》きながら五円玉を振る。

「――はっ！　あたしは一体何を……⁉」

シノが呪文《じゅもん》を唱《とな》えた途端《とたん》にユカがはっとする。

催眠術が解けたらしい。

「わあ！　よかったぁ……！　ユカち、戻ってこれたんだね！」

勢いに任せてユカに抱きつく。ふわりと漂《ただよ》う柔《やわ》らかくていい匂《にお》い。内心少しドキッとしながらもナナは喜んだ。

「お、おいおい……急に何だよ」戸惑《とまど》った様子でユカはナナを見ていた。

「ユカ。私たちのことが分かる？」

「え？　何だよ急に。当然だろ」

シノとナナ。

ユカは順番に指差しながら名前を述《の》べる。

「まずお前がシノだろ？」

「ええ」

「そしてお前がマイラブリーエンジェル」

「シノちゃん‼︎　ユカち全然戻ってない‼︎」

「全然違うよ!!!」

ナナの隣で胸を撫で下ろすシノ。そこにいるのはいつものユカ。いつもと変わらぬクールで大人びた彼女の姿がある――。

「ふふ……急に声を荒《あら》らげてどうしたんだい？　マイエンジェル……」

「なんか急にすごい勢いで抱《だ》きしめてくるんだけど!!」

「いつもナナとユカがしてることじゃない」

「ユカちからはしたことないよ!!!」

突っ込むナナ。

顎《あご》に手を添《そ》えながらユカは愛《いと》おしげな表情を浮かべた。

「騒《さわ》がしいことを囁く口はこれかな……？」

「ちゅーしようとしないで!!」

「おめでとう」

「止めてよ!!!」

グイグイくるユカを制止しながらナナは声を荒らげた。こんなのいつものユカちじゃない。そんな気持ちを込めてシノを見る。

「リテイクお願いします!!」

「わがまま」

「そんなことないよ!!」

要求に従い、シノは再び五円玉を振った。

五秒後。

「い、一体何があったんだ……?」

ユカが戻ってきた。

「わあ！　今度こそ本物のユカちだ！　ね、ユカち、私が誰だか分かる?」

「我が主《あるじ》」

「全然違うわこれ」

ナナは冷めた目でユカを見ていた。気づいたらその場に傅《かしず》き手の甲に口付けをしてきている騎士《きし》っぽい態度のユカに若干引いたからだ。

「わがまま」

ナナはすぐさまリテイクを要求した。

「絶対そんなことないよ!!」

再び要求に従い、シノは五円玉を振った。

五秒後。

「にゃんにゃん♡」

ユカは猫《ねこ》になっていた。

「元に戻ったわね」

「全然戻ってないよ‼」

またもリテイクを要求するナナ。

それからさらに五秒後のこと。

「お耳を掃除《そうじ》してあげる♡」

「リテイク‼」

「わがまま」

肩《かた》をすくめてあからさまにげんなりしてみせるシノ。これ何回目ですか？　次からお金取ってもいいですか？　具体的な意見がないのになんとなく別パターンも見せてほしいと要求してくる面倒《めんどう》くさいクライアントを見るような目をしていた。

「逆に聞きたいんだけどシノちゃん」

「なに」

「えへへ♡」

「こんな状態のユカちが正常だと思うの⁉」

「よく考えたらこんな感じだった気がするわ」

「ど・ち・ら・に・しようかな～♡」

「絶対違うよ‼」

「そうかしら」

「ふーっ♡」

「あっあっ……だめぇ……」

「………」

「引かないでよ!!!」

ナナは再度リテイクを要求した。

▽

「……今日も来ちゃったわ」

放課後《ほうかご》、メイは廊下《ろうか》でため息をついていた。

部活がない日はいつも気づけば家庭科室の前にいる。憎《にく》きユカの動向《どうこう》を監視《かんし》するため。あるいは憧《あこが》れのセンパイのお顔を今日も見るために、自然と体が動いてしまうらしい。

「センパイ……いつになったらあたしに声をかけてくれるの……?」

待ち焦《こ》がれる。

あるいは焦《じ》らされているかのようにメイの胸の奥に熱いものが燻《くすぶ》るような気配があった。それでも憧れのナナは今もメイに話しかけてくれることはない。

今日もいつものようによく分からない活動に精《せい》を出している。何をしているのかまではよく分からないが先ほどから「リテイク!!」「リテイクだよ!!!」とナナが叫《さけ》ぶ声だけが聞こえ、本当にマジで何やってんですか????

「センパイ……？」

ついつい気になり、メイはこっそりと尻《しり》の形をした謎《なぞ》の穴から家庭科室の中を覗《のぞ》き込む。

「ふふ……わがままを言うのはこの口かな？」

「ゆ、ユカち……ダメだよぉ」

そこにあったのは今にも口付けしそうな距離感で見つめ合うナナとユカだった。

「は？？？？？？？？？？？？？？？」

今日もメイの脳《のう》は普通に壊《こわ》れた。

第十一章　絶対あたしのこと好きじゃん……。

放課後《ほうかご》の家庭科室に女子高生が二人いた。

「シノさんって理想《りそう》のシチュエーションとかってあります？」

両手で頬杖《ほおづえ》をつきながらきらきらと目を輝《かがや》かせるメイ。

「…………」

目の前で読書中のシノは無言《むごん》でページをめくる。

本日のお料理研究同好会《りょうりけんきゅうどうこうかい》はナナとユカが用事《ようじ》でお休み。言い換《か》えると本日の家庭科室はシノ一人でのんびり読書にふけるための場所であり、要約《ようやく》すると誰とも話す気はない。

メイがふらりと現れたのはそんな時のことだった。

「あたしは実はこう見えても結構乙女《おとめ》でぇ～、恋の理想的なシチュエーション、結構あるんですよねぇ～」

「…………」

無視《むし》。

「例えばほら！　壁《かべ》ドンってやつあるじゃないですかぁ。壁ドン！　アレ一回でいいからされてみたいんですよねぇ。そのまま耳元で囁《ささや》かれたりしたらもう、『きゃーっ！』って感じになりません⁉」

「………」

「あと髪《かみ》についたゴミを取ってもらったりとかぁ、顎《あご》をくいってされたりとかぁ」

「………」

「あとあと、ふいに抱きしめられたり！」

「………」

「あたしって結構そういうドラマとかに出てくるような胸《むね》キュンなシチュエーションに弱いんですよねぇ。乙女なんで☆」

「………」

無視。

（やば……シノさん今日も超クール……）

聞いていないだけである。

「だからあたしって、向こうからアクションかけてもらう方が好きなんですよねぇ。お誘いとかも、できれば相手からしてもらえた方が嬉《うれ》しいなーって☆」

メイはシノに向けてぱちぱちとウインクしてみせた。

（シノさん！　あたしのメッセージ、気づいて‼）

放課後。

ナナが不在《ふざい》の合間《あいま》にメイがわざわざ家庭科室まで足を運んできたのにはマリアナ海溝《かいこう》よりも深い

理由がある――。

入学してから早二ヶ月。

未だナナからお料理研究同好会へのお誘いはない。

そんな状況下で一日も早くナナから声をかけてもらうために、メイは脳内《のうない》で画期的《かっきてき》な戦略《せんりゃく》を練《ね》っていた。

『はーい。これが完璧な戦略のフローチャートでーす！』

がらがらがら。

脳内会議室にてホワイトボードを持ってくるメイ。そこには現在から未来に至るまでの過程で起こるであろう出来事がすべて記載されていた。

・あたしが理想的なシチュエーションをシノさんに話す。
・シノさんがそれをセンパイに話す。
・センパイが「そっかぁ……じゃあメイちゃんのこと誘ってあげなきゃ！」と奮起《ふんき》する！
・早速《さっそく》声をかけてくるセンパイに、あたしは「え～？　どうしよっかなぁ♡」って焦《じ》らす。
・壁ドンとかそういうアレでなんか独占欲を出してくるセンパイ。
・胸キュンするあたし。
・二人はキスして結ばれる。

・HAPPY END!!!

「以上！　どーよこれ！　完璧じゃない⁉」

パァン！　ホワイトボードを叩《たた》くメイ。

メイの脳内会議室は途端に沸《わ》き上がる。スタンディングオベーション。拍手喝采雨嵐《はくしゅかっさいあめあらし》。

『やば～☆』『完璧すぎっしょ！』『こんな凄《すご》いの見たことな～い♡』『あたしって天才《てんさい》すぎ？』『自分の才能が恐《おそ》ろしい』『ひゅー！　才女《さいじょ》！』

「いやぁ……それほどでも……あるよね☆」

えへへへへ……。

脳内会議は大絶賛《だいぜっさん》（絶賛しているのも自分）のうちに幕《まく》を下ろす。

そしてこの計画を実現させるための第一歩として、メイはナナとユカが不在《ふざい》の日にちを選んで家庭科室を訪れた——。


「——ってなわけでシノさん！　よかったらセンパイに色々と伝えてほしいなぁ……なんて☆」

ぱちぱちぱちぱちぱちぱちぱちぱちぱち！

やかましいほどにウインクを繰り返すメイ。気づけ!!!　あたしが言いたいことに気づけ!!!　と顔でメッセージを送り続ける。

「…………」

そんなメイを前にしてシノは依然《いぜん》としてページをぺらりとめくるだけ。何の返事もない。

「あのう……シノさん？」

「…………」

「聞いてます……？」

今回の計画はすべてシノの動向《どうこう》一つにかかっている。自身の命運《めいうん》すべてをシノの言動《げんどう》にベットしていると言っても過言《かごん》ではない。

今までの話、全部聞いてなかったらどうしよう。

うまい具合《ぐあい》にノッてくれなかったらどうしよう。

「センパイに、お伝えしてほしいんですけどぉ……？」

危険物を扱《あつか》うようにそっと尋《たず》ねるメイ。

その瞬間《しゅんかん》だった。

「…………」

こくり。

一度だけ、シノが頷《うなず》いた。

「!!!」

それは普段《ふだん》からクールなシノからの大きな意思表示。

相手は天才。きっとメイの思惑《おもわく》をすべて把握《はあく》した上で頷いたのだろう。首肯《しゅこう》一つに込められた意味は『分かったわ。私に全部まかせて。ナナにはうまい具合に伝えてあなたに胸キュン的なシチュエーションを起こすように誘導するから』に違いない。もはやメイの脳内ではシノがそう語っているかのようにも聞こえた。脳内会議室は大歓声《だいかんせい》。

「あ、ありがとうございますっ！　さすがシノさん！　話が分かるぅ！」

えへへへへ……。

計画が一つ進んだ。ということは後は待っているだけで何も問題ない。何ならユカとかいう女が邪魔《じゃま》をしてこないように監視《かんし》だけしておけばいい。

「じゃ、あとはよろしくお願いしまーす☆」

喜びに満《み》ち溢《あふ》れた様子でメイはそのまま家庭科室から出ていく。

がらがらがら。

そして家庭科室の扉《とびら》が閉められた。

「…………」

それから数秒遅れて、シノが顔を上げる。

扉の方に目を向ける。

なんとなく誰かがいた気配。

シノは耳栓《みみせん》をきゅぽんと取り外して、首を傾《かし》げる。

「……今、誰か来てた？」

全然聞いていなかったどころかそもそもシノはメイがいたことにすら気づいていなかった。

▽

数日後のこと。

（センパイまだかな～♡）

いつも以上に上機嫌《じょうきげん》な様子で家庭科室付近《ふきん》の廊下《ろうか》を徘徊《はいかい》するメイの姿があった。シノがナナにうまい具合に誘導してくれているのであれば、恐らくそろそろナナが何らかのアクションを起こしてくるはず。

ＬＩＮＥで連絡をくれるのだろうか。それとも学校で直接声をかけてくるのだろうか。どちらに転んでも大丈夫《だいじょうぶ》なように常にメイはスマートフォンを握りしめて待機していた。

（そしてもちろん胸キュンなシチュエーションのための動線《どうせん》も準備済みだわ……！）

インカメで自身の顔と髪の状態をチェックするメイ。

問題ない。

前髪のところに大きめのゴミ（その辺で拾ったほこり）が付着《ふちゃく》している。

（さあセンパイ……いつでも取って大丈夫だよ……！）

むふんと胸を張りながらメイは廊下を行ったり来たり。胸キュン的なシチュエーションを起こすためには相手の働きに期待するだけでなく、自らもまた歩み寄らねばならない。チャンスとは準備を終えた者にのみ微笑《ほほえ》むのだとキュリー夫人《ふじん》も言っていた。

「――あれ？」

声が聞こえる。

(きたきた……♡)

放課後の家庭科室に用があるのは基本的にはお料理研究同好会の面々だけ——きっとナナが来たのだろう。メイは瞳《ひとみ》を閉じて待ち望む。

メイちゃんこんなところで何してるの？　ところでうちの部にくる？　みたいな会話がこれから繰り広げられるに違いない。その過程で髪にゴミがついていることに気づいて取ってくれるに違いない。

「髪にゴミついてる」

そう。まさしくこんな感じに。

さら、と優しく撫《な》でるように、髪からゴミがさらわれてゆく。想い合う二人の髪と手が触れ合う。

もはやキスする五秒前。

(しぇ、しぇんぱい……!!)

急激に胸がときめくメイだった。

予想とは順序《じゅんじょ》が違うが、これからお料理研究同好会に誘ってくれる流れになることを確信した。

シノから事情を聞いてメイの望みを叶えてくれたのだろう。ナナの愛情深さにメイはときめいた。

大好きです——敬愛《けいあい》を込めて目を開く。

「気をつけろよ」

ユカだった。

「ん？？？？？？？？？？？？？？？」

目をぱちくりさせるメイ。

しかし目の前にいるのはどこからどう見てもユカであり、軽く笑いながら「お前、こんなのつけて一日過ごしてたのかよ」とゴミを丸めてコンビニのビニール袋に突《つ》っ込《こ》んだ。親切。それはさておきなぜ彼女がゴミを取ったのか？　メイの脳内会議室は大混乱《だいこんらん》に陥《おちい》った。計画は完璧だったはず。なぜナナではなくユカがメイの前に現れたのだろう？

『普通さ、あたしの要望を聞いてたのならセンパイが真《ま》っ先《さき》に私のもとまで来るはずじゃない？　何でこの人なの？』

脳内のメイが頭を抱える。

『マジありえないんですけど！』『あたしのプランを台無しにするなんて超ナンセンスなんですけどー！』『ナンセンスってどういう意味？』『分かんなーい☆』

彼女たちの中に「普通に偶然《ぐうぜん》ユカが一番最初に家庭科室に来ただけ」という発想はない。

『――ひょっとしてこの人、あたしのこと好きなんじゃない？』

代わりによく分からない発想が浮かび上がった。

メイの脳内会議室がしんと静まり返る。

数日前にホワイトボードに綴《つづ》った完璧なプランを振り返る脳内のメイたち。
・あたしが理想的なシチュエーションをシノさんに話す。
・シノさんがそれをセンパイに話す――。

一つ盲点《もうてん》があった。

シノがメイの要望をナナに話すということは、同じ活動拠点で部活をしているユカもまた、その話を耳にする可能性がある――。

そして仮にユカがメイの要望を聞いた上で頭のゴミを取ったのならば。

『この人……あたしのこと落とそうとしてない⁉』

ざわつく脳内会議室。何ということだろう。自身が美少女すぎることは計画に含まれていなかったのだ。憶測《おくそく》は動揺を呼び、頭の中のメイたちはあわあわと慌て出した。

『え、ちょっ、こういう時ってどうすればいいの⁉』『きゃーっ‼』『とりあえずちゅーしとく?』『急にずるいよぉ……』『はわはわ……』『ど、どどどどうしよう⁉』

メイは想定外の出来事に弱かった。不意打《ふいう》ちとかそういう感じの出来事に胸がキュンキュンするタイプの女子だった。

『ま、待って！　落ち着いてみんな！』

そんな中、脳内会議室にいたメイの一人が仲間たちを制止する。

慌てる必要はない。ユカがメイに惚《ほ》れているという確証はどこにもないのだから。

『ひょっとしたらたまたまゴミを取ってくれただけかもしれないじゃん？　顎クイとか壁ドンとかされたわけじゃないでしょ？　まだあたしに惚れてると決まったわけじゃ――』

言いかけた時だった。

「あれ、ていうかお前、顎にもゴミついてるじゃん」

くいっ――。

ユカの人差し指と親指が、メイの顎に触れていた。

「はへ？？？？？？？？？？？？？？？？？」

――１９５７年。

カザフスタンの地から空に向かってロケットが一機、打ち上げられた。

ソ連の技術者たちが固唾《かたず》をのんで見守る中、スプートニク一号は無事、地球周回軌道《ちきゅうしゅうかいきどう》に乗り、90分ほどで地球を周りながら、人類に向けて電波を発信し続けた――人類史上初の人工衛星《じんこうえいせい》が誕生した瞬間である。

人類は、宇宙に飛び出すことができる。

スプートニク一号から絶《た》えず送られていた信号は、当時のソ連の人々を奮《ふる》い立たせ、同時に冷戦中だったアメリカの国民に大きな衝撃を与えた。この一連の出来事は後にスプートニク・ショックと呼ばれ、アポロ11号の月面着陸に至るまでの宇宙開発競争の火種《ひだね》となったとされている。

このときのメイの脳内は大体そんな感じの衝撃を受けていた。要約すると青天《せいてん》の霹靂《へきれき》であり、より簡単に言い直すと「はへ？」でしかなかった。

（この人、絶対あたしのこと好きじゃん……）

（こいつ全然喋《しゃべ》らないな）

（え、やだ……どうしよ……こういう時ってどういう顔したらいいんだっけ……）

（ていうかよく見たらこいつあたしのこと狙《ねら》ってる子じゃん）

（何で……何であたし、こんなにドキドキしてるの……？）

（何かすげえ見てくるんだけど……）

また何か変なことでも企《たくら》んでんのか……？　ユカはわずかに警戒する。その間も見つめ合う二人。

（こ、このままだと抱かれる……!!!）

メイは直感した。今すぐ逃げろと脳内会議室のメイたちが叫《さけ》んでいる気がする。

「あのさ――」

口を開くユカ。

「や、やめてくださいっ!!」

メイはぺちーんと顎に添えられた手を叩き落としつつ即座《そくざ》に制止した。

何を言われても今は動揺させられる気しかしなかった。

警戒しながらむっと睨《にら》む。

「あたしにえっちなことするつもりですね……!?」

「するわけねぇだろ!!」

「そうやって言いながらあたしを堕《お》とそうとしてたんですよね？」

「そもそもゴミ取ってやっただけなんだけど!?」

「えっち」

「変な言いがかりやめろや!!」

「でもその程度の胸キュンであたしを堕とせると思ったら大間違いですからっ‼」

ふん、とツンデレみたいなセリフを吐きながらユカから顔を背《そむ》ける。今日のところはこの辺りで勘弁《かんべん》してやるわ。

「このケダモノ――‼」

捨《す》てゼリフを吐きながらメイはその場を立ち去った。

戦略的撤退。

「……何だったんだあいつ」

その場には怪訝《けげん》な顔をしたユカだけが取り残された。


さらに翌日。

放課後のこと。

(やっぱりユカって人が私に惚れてると決まったわけじゃないんじゃない？)

メイは廊下を歩きながら今一度考え直してみた。そもそも以前何度もアプローチをかけたのに微塵《みじん》も靡《なび》かなかった相手が今更ながら急に惚れるなどあり得るだろうか。いやないない。きっと昨日の出来事もたまたまゴミを連続で取ってくれただけに違いない。

(まったくもう……変な不意打ちに動揺しちゃったじゃない)

ふう、と息を吐くメイ。

進行方向にユカとシノの姿があることには気づいていなかった。

「――で、シノ。あたしはどうすればいいんだ？」

「今から虫型の超小型ドローンを飛ばすわ。強度を確認したいからユカは手で叩き潰《つぶ》して」

（でも……間近で見たユカって人……ちょっとかっこよかったな……）

「ていうか虫型の超小型ドローンなんて何に使うんだよ」

「興味本位《きょうみほんい》で作っただけ」

（困った顔とかもちょっとタイプかも……）

「何だそりゃ。……まあいっか。とりあえずとっとと飛ばしてくれ」

「もう飛ばしたわ。今は壁に張り付いてる」

（……本当に、あたしに惚れてるなんてこと、ないよね？）

「ほんとだ。……ちなみにこのまま叩いて強度を確認するのはアリか？」

「もちろんアリよ」

（もしも壁ドンとかされちゃったらどうしよ――）

「オラぁ!!!」

パァン!!!

考え事をしているメイの目の前を腕が遮《さえぎ》る――！

それは壁ドン！

「!?」

驚き目を見開くメイ。

「あっ」

人が近づいてきていることなど想定していなかったユカもまた驚いていた。しまった。年甲斐《としがい》もなく大声出してはしゃいでいるところを見られた。

「わ、悪い……大丈夫か？」

恥ずかしさで顔中に熱が集まる気配を感じながら、ユカは目を逸《そ》らす。

（う、うそでしょ……？　このひと、二日連続であたしのこと狙ってきたんだけど……!!）

「お、おい……？」

（しかも照《て》れてる……やだ、ちょっと可愛《かわい》いかも……）

「ていうかお前、昨日のやつじゃん。何してんのこんなところで」

（このひと、本気なんだ……）

「……ていうかお前ちょっと顔赤くね？」

（本気であたしのこと落とそうとしてるんだ……）

「熱でもあるんじゃないか？」

（で、でもあたしにはセンパイがいるんだから……！　こんなところで靡いたりなんてしないわ！）

「ちょっと測ってやるよ」

ぴと――。

メイの額《ひたい》にユカの手が触れる。

「あっ」

手、おっきい……♡

触れられた時点でもう色々とダメだった。頭の中は既《すで》に不思議な快楽《かいらく》で満ち満ちており、考えていたことが全部吹っ飛んでいた。

メイはどこまでも不意打ちに弱い女子だった。

「熱はないみたいだけど、本当に大丈夫か？　お前」

「もう好きにしてくだしゃい……」

「大丈夫かお前⁉」

頭でも打ったんか？

「あたしをこんなふうにしたのはユカさんなのに……」

「あたしお前とほとんど話したことないけど⁉」

「いじわる……」

「何かあたしとお前の間に深い認識の齟齬《そご》がある気がするんだけど気のせいか？」

「こんなふうにした責任……取ってくれますよね……？」

「何で熱っぽい視線で見上げてくんの？」

「……んっ」

「何で瞳《ひとみ》を閉じてキス待ってんの⁉」

「いつでもいいですよ……ユカさん」

「ていうかお前何であたしの名前知ってんの？」

ちょっと前からあたしにちょっかいかけてきてるけど、何か狙いでもあんの？

根本的なことを今更尋ねるユカ。それはまるでこれからキスしようという時に「実は昨日ニンニク料理食べたんだ」とカミングアウトするようなものであり、要約するとメイは普通に冷めた。

閉ざしていた瞳を開くメイ。

「は、離してくださいっ！」

ぽむっ、と両手でユカを押し退《の》けた。

（肩幅ひろっ……♡）と瞬時に過《よぎ》った思考を払《はら》い退けて、メイはその場から脱兎《だっと》の如《ごと》く逃げ去った。

二度目の戦略的撤退。

「こ、この肉食系――!!!」

ついでに捨《す》てゼリフも吐いておいた。

「…………」

その場に取り残されたユカは壁についていた手をようやく離す。

ドローンは無事だった。

それはさておき。

「何だったんだ本当に」

「肉食でもそのドローンは食べないで」

「食わねえよ!!」


さらに翌日。

放課後のこと。

(まったく……昨日は危《あぶ》なかったわ……)

息を吐きながらメイは廊下を歩く。

連日にわたるユカからのアプローチのせいですっかり調子を崩《くず》されてしまっていたが、メイの憧《あこが》れの人物はナナであり、その気持ちに変わりはない。

(きっとセンパイに会えていないから寂《さび》しさでおかしなことになっちゃったんだわ……!)

一夜明けたことでメイは冷静さを取り戻していた。

深呼吸しながら瞳を閉じるメイ。

廊下の曲がり角の先でナナとユカが話していることには気づいていなかった。

「——でな、昨日もお前んとこの後輩《こうはい》と会ったんだけど」

「えぇー?　でもメイちゃん私の目の前には一度も出てきたことないよ?　それほんとにメイちゃん?　どんな子だった?」

「あざといツインテールで『世界一可愛いです』みてえなツラしてる一年だったけど」

「ああそれメイちゃんだ」

（まったくもう……ユカさんがいつも予想外なことしてくるせいで変な気分になっちゃうよ……）

「なんか最近すげえ絡《から》んでくる上にあたしの名前知ってたんだけど何なのアレ。何が狙いなのアレ」

「ふむふむ。メイちゃん検定一級の私がメイちゃんの思考回路をずばり言い当ててあげよっか」

「頼むわ」

「恐らくメイちゃんは『ええー!? センパイとシノさんが作った部活に変な人がいるー!! 誰かよく分かんないけど、あたしもそのうち入りたいし、とりあえず仲良くなっとこ！』みたいな感じで距離を縮めようとしてるんだろうね！」

（ユカさんって、あたしのことどう思ってるんだろ……）

「距離縮めるつもりっつーか完全になんかアプローチかけられてた気がするんだが……」

「あははは！ ユカちったら自意識過剰《かじょう》だなぁ。普通に仲良くなりたがってるだけだって！」

「だといいんだが」

「ちなみにだけどどれくらいの頻度で会ってるの？」

（……今日も、会えないかな）

「ここ最近は毎日放課後に遭遇《そうぐう》してるな」

「へえー。いいねぇ。もうすっかり仲良しじゃん」

「仲良しっつーか絡まれてるだけだけど」

「いやあユカちも隅《すみ》に置けませんなぁ！ えいっ！」

ぽん、とユカの背中を押すナナ。

「うわっ!!」

予想外の方向からまああの力で押されたユカがふらりとよろける。

それは廊下の曲がり角に差し掛かった時のことだった。

（この曲がり角を曲がったら、ユカさんと会えたり——なんて）

そしてちょうどメイが曲がり角の向こうから現れた瞬間でもあった。

「はへ？」

体勢を崩したユカ。そして死角《しかく》から現れたメイ。

見えない糸で引かれ合うようにその場で偶然集った二人は当然のようにぶつかり、そしてユカがメイを押し倒すような形でもつれ合う。

「ひゃわあっ！」

可愛らしい声とともに尻餅《しりもち》をつくメイ。

「うわあっ！」

その上に覆《おお》い被《かぶ》さる形で、ユカが倒れ込んだ。

それはまるで深く愛し合う二人のように見えなくもなかった。

（うそ……会いたいと思った瞬間にユカさんが出てきたんだけど……！）

少なくともメイの方は既に大体そんな感じの気分だった。もはやユカの顔を見ただけで何だか色々とダメになっていた。メイは根本的な部分がアレだった。

「わ、悪い……、大丈夫か？」

（しゅき……♡）

「お、おい……？　どうかしたか？　怪我《けが》とかはないか？」

（あたしの心配してくれてる……！　何この人……ちょー優しいんだけど！）

「悪いな。ナナのやつに急に押されてさ」

「は？」

恍惚《こうこつ》に染まっていたメイの表情が一瞬で真顔に戻る。

ナナに押された？　とは？　センパイが近くにいるってことですか？　いやいやまさか。今まで会ってなかったのに？　こんなところで？　こんな場面で？　いやいやまさか！

目を凝《こ》らすメイ。

「おー！　メイちゃんだぁ。久《ひさ》しぶりー！」

普通にいた。

「ふぎゃあああああああああああああああああっ⁉」

普通に脳が壊《こわ》れた。

これまで会おうと思って学校内をいくら彷徨《さまよ》っても会うことができなかったのに、顔を合わせることもなかったのに——ロマンチックな場面で再会を果たしたいと思っていたのに！

よりによって最悪の状況でナナと再び顔を合わせてしまった現実にメイの頭の処理能力は限界を迎えた。

（どうしてセンパイの目の前であたしに抱きついたのユカさん‼）

偶然こうなったという発想はない。

「お、おい……急に叫んでどうした……？　大丈夫か？」

（ひょっとして……わざと⁉）

「大丈夫かって聞いてるんだが？」

（あたしたちの関係をセンパイに見せつけるつもり⁉）

メイの脳内で妄想《もうそう》が加速する。


『ククク……ほら、ナナに言えよ……もうあたしのモノになったってな……』

『はう……』

ユカに抱かれて耳元で囁かれているメイ。

『う、うそだよね……メイちゃん……』

愕然《がくぜん》とするナナ。

メイは目を逸らしながらユカの操り人形のように言葉を漏《も》らす……。

『ごめんなさい、センパイ……あたし、もう――』


みたいなことをさせるつもりに違いない‼

「ユカさんのいじわる……」

「何で⁉」

「わあ。ほんとに仲良しなんだねぇ」

のほほんとした様子でナナは手を合わせて喜ぶ。後輩とお友達が仲良くしてくれているのはシンプルに嬉しい。

ナナの目から見た二人の姿はすっかり打ち解けた先輩、後輩でしかなかった。

「ユカさん……そんなにあたしを独り占めにしたいんですか……？」

「何の話⁉」

「とぼけちゃって。本当は全部分かった上で行動してるくせに」

「いや何も理解できてねえけど⁉」

「ユカさんはあたしをどうしたいんですか……？」

「どうもしたくないけど」

「離したくない……ってことですか⁉」

「なあこいつの思考回路どうなってんの？」

同じ言語を話しているはずなのに言葉がまるで伝わらない。呆《あき》れ果てたユカは立ち上がりながらナナに助けを求めた。

翻訳お願いします。

「恐らくこれは『あーあ、そろそろお料理研究同好会に誘ってほしいなぁ……』って言ってるね」

「そうなのか？」

メイに向き直るユカ。

「はへ？」

廊下で尻餅をついたまま、メイは二人を見上げる。ユカから不意打ちで抱きつかれたことで頭がやられていたメイは二人の会話をまったく聞いていなかった。

だから改めてナナは尋ねる。

「ねね、メイちゃん。お料理研究同好会って興味ない？」

前から誘いたかったんだよねぇ、と楽しそうに顔を綻《ほころ》ばせるナナ。その目は既にメイを加えた四人で活動をしている様子を空想しているように見えた。

（!!　せ、センパイがあたしのことを、誘ってる……!?）

即座にメイの脳内会議室が沸き上がる。

『え～？』『これアレじゃん！』『ホワイトボードに書いてあった流れだ～！』

大元の予定と過程は違えど、この流れはメイが脳内で空想していた完璧な戦略の一つ。

ユカのせいで壊れていた脳が即座に回復するメイ。

やっぱりセンパイをからかうのが一番ですよね！　メイの瞳は途端に輝き始める。

「え？　あたしがお料理研究同好会に入る……ですかぁ？　どうしよっかなぁ～♡」

「おいナナ。なんか入りたくなさそうな雰囲気《ふんいき》だけど」

「大丈夫！　これは恐らく『うそうそ♡　入れさせてください♡』って意味だね！」

「あはっ☆　そんなにあたしに入ってほしいんですかぁ？」

「なんかすげえお前のこと見下してる感じだけど」

「これも多分愛情の裏返しだよ！　そうに違いないよ！」

「センパイったら必死すぎ～！」

「これ普通に嫌《いや》がってるだけなんじゃねえの」

「そうかなぁ……」

しゅんと肩《かた》を落とすナナ。

それは今まで「ざこざこ♡」とからかってきた中で初めて見る表情だった。

今までどんなことを言ってもセンパイは折れなかった。そのはずなのに――。

「やっぱ入りたくないのかなぁ……」

「そりゃそうだろ。嫌じゃなきゃそんなこと言わねえって」

雲行《くもゆ》きが怪しい――。

「中学卒業するときに約束したのに……」

「一年も前の話だろ？　気が変わるのも仕方ないんじゃねえかな」

なんか普通に嫌がってると思われてる――。

「そっかぁ……入りたくないかぁ……」

「ま、無理に誘うのはあたしだけにしとけってことだな」

「こほん！」

会話に割って入るメイ。「あ、ああ～、いいのかなぁ｜？　あたしぃ、別にマジで嫌とは思ってないんですけどぉ」

「急に何だこいつ」『どうしたんだろ』

「別にセンパイがどうしてもって言うならぁ、入ってあげるのもやぶさかではないですけど……？」

「微妙《びみょう》に乗り気になってやがる」「ほら！　だから言ったじゃんユカち！　メイちゃんはお料理研究同好会に入りたいんだって！」

メイのことなら誰よりもよく知っている。ナナは途端に胸を張って誇《ほこ》らしげな様子で頷いた。

今ならばお料理研究同好会に誘ってもいい返事がもらえる。そんな空気を感じてすらいた。

「というわけでメイちゃん。改めてどうかな。うちの部に興味とかない？」

メイは調子に乗った。

「ええ～？　どうしよっかなぁ～。あたし今、バドミントン部に在籍してますしぃ～、兼部《けんぶ》のお誘いとか困っちゃいますよぅ♡」

うそうそ♡　嬉しいです♡

「あ、部活もう入ってたの？　じゃあ無理には誘えないね」

「えっ」

「急にごめんね！　今のお誘い、忘れてもらって大丈夫だから！」

「あの――」

そこはもっと強めに食い下がるところじゃないんですか……？

手を伸《の》ばすメイ。

ナナはそんな彼女に手を振った。

「忙しいところごめんね！　メイちゃん！」

じゃあまたねー！

ユカを引っ張りながらナナはそのまま流れるようにメイの前から姿を消した。

「…………」

その場には呆然《ぼうぜん》としながら虚空《こくう》に手を伸ばし続けるメイだけが残された。


後日。

「うえええええええええええええええええええ……!!」

お料理研究同好会の活動拠点こと家庭科室で泣いているメイの姿があった。

「どうしたの」

せっかく一人でゆっくり本を読んでいたのに。

耳栓をきゅぽんと抜きながらシノは尋ねる。若干迷惑そうな表情で見つめる先には涙でぐちゃぐちゃになったメイの姿。

「ううう……あたしの話聞いてくれますかぁ……？」

「ええ」

こくりと頷くシノ。

「じ、実は……」

かくかくしかじかとメイはこれまでのいきさつをすべてシノに打ち明ける。

その上で泣きながら肩を落とした。

「シノさんにお膳立《ぜんだ》てしてもらったのに……ユカさんに邪魔されたせいで全然ダメでした……」

「そう」

お膳立てした覚えがまったくなかったが追及するのが面倒《めんどう》くさかったので、シノは普通に頷いていた。

「うう……いつになったらあたし、センパイたちと一緒に活動できるんですか……？」

中学の頃そうだったように。

ナナとシノの二人と同じ時間を過ごすことがメイにとっての喜びだった。日々を送るほどにそんな夢が遠のいていくような気すらした。

「…………」

思いを打ち明け、涙を流す後輩。

シノは見つめながら、本を閉じる。

その上で一つ尋ねた。

「……うちに入りたいの？」

「入りたいですッ!!!」

「そう」

偽《いつわ》らざる本心に頷くシノ。

「以前からメイを入部させたいとナナたちとは話し合ってたの」

後輩の願いを無下《むげ》にするつもりは微塵もなかった。「とりあえず涙を拭《ふ》いて。それから入部届を書いて」

すっ、と一枚の紙を手渡すシノ。

「し、シノさん……!!」

やはり持つべき味方は天才。

メイは差し出された手から紙を受け取り、涙を拭いた。ついでに洟《はな》もかんだ。なんだかやたらとごわごわしている素材だった。それはさておき気分がよかったので丸めてポイした。

涙を拭いてすっきりしたメイは首を傾げる。

「……入部届どこですか？」

「今渡した紙が入部届」

「ふぎゃあああああああああああああっ⁉」

こうして紆余曲折《うよきょくせつ》の末にメイが入部を果たした。

「改めてお願いしますね☆　センパイっ」

「あ、うん」

ちなみに入部届はそのままナナに提出した。ナナは普通に引いた。

FIVE SECONDS LEFT UNTIL NANA STIRS UP TROUBLE

第十二章 ＊ メイの入部初日

放課後《ほうかご》の家庭科室に女子高生が四人集まっていた。

「というわけで新キャラのメイちゃんでーす☆　みなさま改めてお見知りおきを☆」

きゃぴきゃぴとした様子《ようす》でピースしてみせるのは一年生のメイ。

ナナとシノの後輩《こうはい》であり、最近ちょこちょこユカのストーカーをしていたごく普通の女子高生。

お料理研究同好会《りょうりけんきゅうどうこうかい》の部員は彼女を拍手《はくしゅ》で迎え入れる。

「えへへ、今日はお祝いにパーティーしなきゃね！」

嬉《うれ》しそうに顔を綻《ほころ》ばせるナナ。

「レッツパーリィ」

そして発音がいいシノ。

中学時代から仲のいい尊敬《そんけい》すべき先輩方《せんぱいがた》に囲《かこ》まれてメイはにこにこだった。懐《なつ》かしい情景《じょうけい》がここにある。

「改めてよろしく。……名前は何て呼んだらいいんだ？」

「………………」

見慣れない人物が紛《まぎ》れ込んでいなければまさに中学の頃とまったく同じ空間だったといえる。

「あれ？　あたしの声聞こえてる？」

「ユカさんはあたしのこと、何て呼びたいんですか……？」

「別に何でもいいけど」

「ふふ……好きに呼ばせてあ・げ・る♡」

「何であたしの耳元で囁《ささや》いてんの？」

変なやつ……と呟《つぶや》くユカ。

形式上は自己紹介を兼《か》ねて挨拶《あいさつ》も交わしたが、既《すで》にメイはユカを含め三人と顔合わせが済《す》んだ状態にあった。

新鮮味《しんせんみ》や新しい環境への不安などは驚《おどろ》くほどなく、部員の一人としての立ち位置を自然と受け入れていた。受け入れたついでに一つ疑問《ぎもん》があった。

「ていうかお料理研究同好会って何する部なんです？」

人数不足の関係で正確には部ではないが、それはさておきそもそも普段からナナたちがどのような活動をしているのかがよく分からなかった。

「よくぞ聞いてくれたね、メイちゃん」

ここぞとばかりに頷《うなず》くナナ。

「それではこちらをご覧《らん》ください」

ホワイトボードをがらがらと取り出しつつ、メガネを装備し指示棒《しじぼう》でぺちんと叩《たた》く。さながらプレゼンする凄腕《すごうで》コンサルタントのようだ。

「――お料理研究同好会とは時代のパラダイムシフトにアダプトするために私たちができることを考え、実行していく部のこと。それからＰＤＣＡサイクルがメソッドでＯＪＴのザギンでシースーだよ」

凄腕コンサルタントはトークの中身がすかすかすかだった。

「メガネしてるセンパイかわいい～♡」

しかし聞いている側も話なんてろくに聞いていないので何も問題はなかった。

そのままナナはきゅきゅきゅっとホワイトボードに文字を綴《つづ》る。

「ちなみに今日の活動はメイちゃんの歓迎パーティーだよー」

さっきも言ったけど、と付け加えつつ、ナナはホワイトボードに『ようこそメイちゃん♡』と綴ってみせる。

「センパイ……♡」

きゅんきゅんするメイ。

「ふふ……今日は忘れられない一日にしてあげるね……」

「センパイ……！」

「えっへん」

羨望《せんぼう》の眼差《まなざ》しを向ける後輩の前でナナは胸を張る。

歓迎会の準備はそれからナナたち三人の手で滞《とどこお》りなく行われた。主役であるメイはテープで口封《くちふう》じをされたまま目隠《めかく》しした状態で椅子《いす》に縛《しば》られた。

「もがもがもが……⁉」
※　何であたし縛られてるんですか⁉　と言いたげな顔。
「あ、こらこらメイちゃん。動いちゃダメだよ！　主役は静かに待ってなきゃ」

楽しいサプライズのためには隠《かく》し事《ごと》が必須《ひっす》である。

「もがが‼（意訳《いやく》：いや別に部屋の外で待たせればいいじゃないですか‼）」

「何言ってんのかよく分かんねぇな」

メイの近くで困った表情を浮かべるユカの気配。

「まかせて。私が通訳する」

そして天才が自信満々な様子で頷いている気配も感じた。

「もがもがもが‼（意訳：せめてテープは外してくださいよー！）」

「ふむふむ……『素敵《すてき》なプレゼントをありがとうございます』と言っているわ」

「まだ何もやってねぇけど」

「もがが‼（意訳：そんなこと言ってません‼）」

「『実は目隠しとか欲しかったんです』」

「マジか」

「もがーっ‼（意訳：そんなわけないでしょ‼）」

「『興奮《こうふん》します』」

「うわぁ」

「もががーっ!!（意訳：勘違《かんちが》いしないでくださいっ!!）」

勝手に妙《みょう》な勘違いをされて憤慨《ふんがい》するメイ。

叫《さけ》ぶ合間、ナナの方から「やばっ！」と悲鳴《ひめい》に似た声が響いた。

「どうしたの、ナナ」シノが尋ねる。

「あ、シノちゃん……さっき貰《もら》った例の薬、分量間違《まちが》えちゃった」

――薬って、何ですか？

お料理とは馴染《なじ》まない言葉にメイは内心首を傾《かし》げる。

「大丈夫。致死量《ちしりょう》じゃないから」

「でも飲んだ時の副作用が心配だなぁ」

――副作用あるやつなんですか？

「仮に飲み過ぎたとしても一日二日くらい寝込むだけだから多分大丈夫」

「ま、それもそうだね」

――全然大丈夫じゃなさそうなのですが。

言葉を挟《はさ》むことなく戦慄《せんりつ》するメイ。暗闇《くらやみ》の向こうで何やらよからぬことが行われている気配がした。

ユカの方から「やべっ」と声が上がったのはそんな時だった。

「どうしたのユカち」

「ナイフどっかいったわ」

――ナイフを使うんですか……？

「えー？　ほんとぉ？　ヤバいねぇ」

「このままじゃ刺《さ》すときに困るな」

――何を刺すんですか……？

「まあ別に予備はいくらでもあるし一個くらいなくなってもいいんじゃない？」

「そうだな。まいっか」

――よくないのでは？

耳に届く言葉の大半が不吉《ふきつ》かつ不穏《ふおん》なものばかりだった。今から拷問《ごうもん》でもされるんですか？　メイの脳内では既にアイマスクの向こう側が地獄絵図《じごくえず》と化していた。

「えへへ。お待たせメイちゃん」

ぽむ、とメイの肩に手を置くナナ。

準備していたのは歓迎パーティーの中でやる予定のゲーム。黒ひげ危機一発《ききいっぱつ》と、激辛《げきから》の飲み物。ゲームに負けた人間が罰《ばつ》としてそれを飲むというだけのただのお遊び。

他にも凝《こ》った飾り付けや料理の準備もあったため、メイには目隠しを施していた。ちなみに口をテープで封じた理由は特にない。

「もう喋《しゃべ》ってもいいよ～」

ぺりぺりぺり。

粘着力《ねんちゃくりょく》がほとんどないお肌《はだ》に優しいテープを剝《は》がすナナ。

メイは言った。

「ころしてください……」

「何で⁉」

▽

異世界《いせかい》の魔王城《まおうじょう》に魔王がいた。

「気に食わぬわ！」

はーもうマジやってられんわー、と玉座《ぎょくざ》に座り足を組む魔王。

どこからどう見ても不機嫌《ふきげん》。側近《そっきん》は地球土産《ちきゅうみやげ》の牛丼《ぎゅうどん》をかちゃかちゃしながら「どうされされふぁのでふぁふぁ」と尋《たず》ねた。

「おぬしマジで何言ってんのかさっぱり分からんのじゃが？」

飲み込む側近。

「牛丼美味《おい》しいです」

「今、絶対そんなこと言っとらんかったじゃろ⁉」

「魔王様も食べますか」

「それそもそもわらわが買ってきたものなんじゃが⁉」

あと地球でいっぱい食べてきたので結構です！　魔王はふん、と顔を背《そむ》けた。側近は無駄《むだ》に翼《つばさ》をばさぁっ、と広げたのちにお持ち帰りしてきた牛丼を置いた。

「それで魔王様。何が気に食わないのですか」

「最近さぁ、なんかわらわ、異世界の女子高生からナメられとる気がするんだよねぇ」

「女子高生……とは何ですか？」

「む、そうか。おぬしは知らんかったか。……こういうのじゃな」

魔王は人差し指を虚空《こくう》に向ける。魔力を込めることで自身の頭の中にある光景を空中に描き出す高等魔法。魔王城においては主《おも》に「ねえねえ、あのお菓子《かし》の名前なんだっけ？　ほらアレアレ！」をするときに使われている。

そうして魔王と側近の間に三人の女子高生の姿が映し出される。

ナナ、シノ、そしてユカ。

「私はメガネの子が一番好みですな」

「おぬしの好みとか聞いてないんじゃが？」

きっしょいのう。魔王は吐《は》き捨《す》てつつ言葉を続ける。

「初めて向こうに行った時にも思ったのじゃが、どうにも連中からはわらわに対するリスペクトってもんを感じないのじゃ」

「ふむ、リスペクトですか」

側近は魔王が初めて自身を体ごと異世界に転移させた時のことを思い出した。

壁《かべ》にハマる魔王。

助けてもらう魔王。

…………。

「リスペクトできる要素なんてありましたっけ……？　みたいな顔するな!!」

「魔王様、私めはいつまでも魔王様の味方ですぞ」

「生暖かい目をわらわに向けるなぁっ!!」

子供のように玉座の上でじたばたする魔王。

「ともかく、その女子高生たちの対応が気に食わない、ということですな」魔王の怒《いか》りの原因《げんいん》を分かりやすくまとめる側近。

「そういうことじゃ！　ということで今日もわらわは地球にいくぞ」

「行ってどうなさるのですか」

「そんなん決まっておるじゃろ。わらわの威厳《いげん》を知らしめてくるのじゃ！　わらわの真の恐ろしさを思い知らせてやろう……！」

「左様ですか」

「というわけじゃから、今日もお留守番を頼むぞ」

「……ふむ」

意味深長《いみしんちょう》に頷く側近。その目は『私にアイデアがあります』と饒舌《じょうぜつ》に語っているかのようであり、言い換えるとなんか話しかけてほしそうな顔をしていた。

「何か言いたげじゃな」

話しかけてあげた。魔王は優《やさ》しかった。

「一つよろしいでしょうか」

「何じゃ」

そしてたっぷり間を持たせたあと。

側近は魔王に一枚の紙を差し出した。

「なにこれ？」

「メガネの子に渡してください」

「………………」

側近の連絡先だった。

魔王はその場で破《やぶ》り捨てた。

▽

「もー！　びっくりしたじゃないですかぁ」

目隠しを外したことでメイの中にあった誤解《ごかい》はあっさり解けた。そうですよね、女子高生が生死に関わるようなお遊びをするわけないですよね。再び見えた視界には事前に作っていたであろう料理やお菓子、それからゲームの類《たぐ》い、そして『本日の主役』と書かれた椅子が用意されていた。

「すごーい☆」

めっちゃ準備してくれてるー！　座りながら分かりやすく感動するメイ。

目隠しはすべてこのサプライズのために必要なものだったのだろう。感激しながら自身を迎え入れてくれた三人に笑顔を振り撒《ま》いた。

――魔王が現れたのはその時だった。

「わらわじゃ！」

家庭科室の中央。

腕を組み、無駄に自信に満ちた表情を浮かべつつ、赤い髪の魔王は顕現《けんげん》する。

ついでに魔王っぽく見えるように体の周りに無駄にオーラ的な何かも漂《ただよ》わせておいた。まさに威厳の塊《かたまり》。どこからどう見ても魔王っぽい。

「ククク……おぬしら！　また会ったようじゃのう……！」

魔王は不敵《ふてき》な笑みを浮かべつつ窓ガラスに映る自分自身の姿に惚《ほ》れ惚《ぼ》れした。超かっこいい……。

「………………」

いつもナメた態度を取ってくる女子高生たちも今日という今日は魔王の威厳を認めざるを得ないだろう。

現に家庭科室にいる面々は惚《ほう》けた顔でこちらを見つめている――。

「あ、メイちゃん。この子は演劇部《えんげきぶ》のマオちゃんだよー」

「すごーい☆」

「何でじゃ!!」

気のせいだった。

お友達を紹介するくらいの軽いノリでナナは魔王を指さしていた。

「あれ？　シノ、こいつのこと呼んだっけ？」

「呼んでないけど」

「じゃあ勝手に来たのか……」

シノとユカに至ってはちょっと空気が読めない友達を見つめるくらいの生暖かい目を向けてきてすらいた。

視線が痛い。

相変わらずナメられている。

「おうおうおぬしども！　今日という今日はわらわの恐ろしさをとくと思い知ってもらうぞ！」

胸を張り宣言する魔王。

ぼけーっとしながら見守る女子高生たちに対して、言葉を続ける。

「そもそもおぬしらは勘違いをしているようじゃが、わらわは本物の異世界の魔王なのじゃ！証拠《しょうこ》にこの力を見てみよ！」

急に現れて何言ってんだこいつと言いたげな視線を浴びながらも魔王は右手に魔力を込める。

魔王が住まう異世界においては力こそすべて。最も力ある魔王がその辺の小娘たちから侮《あなど》られることなどあってはならない。

ゆえに初手《しょて》から演出的に派手《はで》な魔法を手の上に生み出した。

ばちばちと弾ける火花。まるで大きめの線香花火《せんこうはなび》が手の上で浮いているかのようにも見える高等魔法。主に魔王城においては「夏……そろそろ終わっちゃうね……」みたいなノリで友達同士で集まったときに使用されている。

「ふっ――どうじゃ？」

手の上で火花が浮いているし、何より露出《ろしゅつ》が激《はげ》しい魔王の素肌《すはだ》にあたっても熱くない安全仕様。人間にはできない芸当《げいとう》であることは明らかだった。

（これでわらわの凄《すご》さも理解できたじゃろう……）

自らの勝利を確信しながら女子高生たちを見やる魔王。

現に目の前の彼女たちは惚けた面《つら》をこちらに向け――。

「すごーい☆」

「何でじゃ!!!」

全然気のせいだった。

何なら先ほどよりもテンションが上がっている気がした。椅子に座っているメイだけでなく、周りに立つナナたちも「おおー」と拍手を送っていた。

もはやナナたちから見ればただの手品《てじな》を披露《ひろう》してくれているお友達でしかなかった。

（くっ……！　これでも足りぬというのか……！）

舌打《したう》ちしつつ魔王は即座《そくざ》に新たな魔法をその手に生み出す。

直後に上がったのは火柱《ひばしら》だった。それは魔王が戦闘時に最もよく使用する魔法の一つ。敵に浴びせれば相手は当然火だるま。ここ最近はただ見せるだけで降伏《こうふく》させているほどに効果絶大《こうかぜつだい》な魔法だった。さすがにこれなら女子高生たちも怖《こわ》が――。

「すごーい☆」

「もー!!!」

全然ダメだった。

なんかよく分かんないけど凄そう、みたいな雰囲気でナナたちは再び「おー」と拍手していた。

全然威厳を感じてくれない不遜《ふそん》な若者に魔王はやがて普通にキレた。

「なんなんじゃおぬしら!! こんなに頑張《がんば》ってるのに!! わらわどっからどう見ても異世界の魔王様じゃろ!!」

ヤケクソになった魔王はそれからありとあらゆる魔法をその場で演出してみせた。

「これならどうじゃ!!」

魔王はその場にあった料理を一つ手に取り、黒焦《くろこ》げにしてみせた。先ほど出した火柱の応用。触れたものはすべて焦がしてみせる。「これがおぬしらの五秒後の姿じゃ」燃え尽《つ》きて灰と化した料理を握《にぎ》りつぶす。

「それあたしが作ったやつなんだけど」

「すみません」

ユカから普通に怒られて凹《へこ》んだ。

次に唱えたのは物質を作り出す魔法。

「これでどうじゃあああああ!!」

お皿代わりにした両手の上に生み出されたのはほっかほかの肉まん。魔王は本気になれば虚無《きょむ》から肉まんを作り出すことも可能なのである。「ど、どうじゃ……!!」達成感とともに肉まんを掲げる魔王。

「うまい」

シノに食べられた。

「くそが!!!」

虚無から虚無に戻ったので実質何も生み出していないのと同じだった。魔王は泣いた。

その次に唱えたのは透視《とうし》魔法。

「はあ――っ！　スケスケじゃあ!!」

目に魔力を込めることで魔王はある程度の物を透かして見ることができる。倫理的《りんりてき》な問題により滅多《めった》に使うことのない高等魔法。「この術を使うのは数年ぶりじゃな……！」よもやここまで追い詰められるとは――魔王は額《ひたい》に汗を浮かべながら女子高生たちを睨《にら》む。

そして武器を手に取る。

「これで貴様も終わりじゃ……！」

すべてを透かすことのできる今の魔王にはすべて見えていた。黒いひげの人形が埋《う》まった樽《たる》の中身がすべて見えていた。もはや魔王にとっては丸裸《まるはだか》も同然。

せっかくだから一緒に遊ばない？　と黒ひげ危機一発を掲げつつ提案してきたナナに勝ち誇った

顔を向ける魔王。

「わらわに勝負を挑んだことを後悔するがいい……！」

そして刺した。

「あ」

飛び出た。

「くそが!!!」

そもそも中身が分かったところで構造を理解できていなかったので、透視能力を使っても何の意味もなかった。

「いえーい！」と喜ぶナナたちの横で魔王は打ちひしがれた。

勝てないーーー。

威厳を示すどころかいいように遊ばれている気分だった。これではまるでピエロ。凄い魔法をいっぱい使えるのにーーー床《ゆか》をぺちぺち叩きながら魔王は苦悶《くもん》の表情を浮かべる。

彼女の肩にそっと手が添えられたのは、そんな時のことだった。

「……マオさん？　でしたっけ」

大丈夫ですか？

優しく声をかけてくるのは今日初めて見た顔の女子高生。

名前はメイ。

「おぬし……」

慰《なぐさ》めてくれるのか――？

顔を上げる魔王。

メイは聖母《せいぼ》のような表情を浮かべながら、語りかけた。

「――何色だったんですか？」

………………。

色？

「何の話じゃ？」

「センパイの下着の色。何色だったんですか」

透視能力使ってたときに見ましたよね？　ね？　教えてくださいよ……。

囁くメイはうへへと嫌らしい表情を浮かべていた。聖母なんてどこにもいない。魔王は一気に真顔になった。

「そういうのは倫理的にアレだから見てないけど」

「クソが!!!」

キレるメイ。

「え、なんじゃこいつ。こわぁ……」

最近の若者の考えが理解できなくて若干恐怖を抱いた魔王だった。

それからの時間は飛ぶように過ぎていった。

ボードゲームやトランプなど時間が許す限りありとあらゆる遊びを魔王を含めた五人で行った。

そして流れるように魔王は全敗《ぜんぱい》した。

「――てなわけで今日は人間どもをコテンパンにしてきたってわけ」

魔王城に戻ったのちに魔王は髪を靡《なび》かせ得意げな表情を浮かべながら側近に一日の出来事を虚偽《きょぎ》申告《しんこく》した。

「素晴らしい……さすがは魔王様でございます」

「うむ」

「ところでそのグラスは何ですかな？」

側近の視線が魔王の手に注がれる。

「ん？　ああ、これか。これはじゃな……えっと、戦利品《せんりひん》？」

それは全敗した直後にシノから手渡されたものだった。

言い訳を考えるように左右に視線をさまよわせてから、魔王は語る。

「えーっと……シノというメガネの娘がわらわに貢《みつ》いできたものなのじゃ」

本当は「飲んで」「負けたのだから飲んで」「さあ早く」と圧をかけられて怖くなったからグラスを持ったまま元の世界まで戻ってきたのだが事実は口が裂《さ》けても言えなかった。

しかしこの液体は一体何なのだろう？

「ほう！　メガネの子ですか！」

「そうじゃな」

「中身は何なのですか？」

シノの名前を聞いた途端に興奮し始めた側近をよそに魔王は考える。

――結局飲む機会はなかったから何なのかさっぱり分からんな。

「えっと……あの小娘たちが手作りした液体？　だったはずじゃ」

「ほほう！　……あのう魔王様、もしよければ私めに一口恵《めぐ》んではいただけないでしょうか」

――なんか危なそうだし全部こいつにやるか。

「いいよ。全部あげる」

「おおおお!!　感謝いたします!!　さすがは魔王様!!」

一生ついていきます！

側近は魔王にすら見せたことがないような表情で興奮しながらグラスいっぱいの液体を飲んだ。

「ふふ……これがメガネの子の手作りの液ごはああああああああああああああああっ!!!」

吐いた。

どうやら毒物《どくぶつ》を渡されていたらしい。

「ええ……最近の若者こわぁ……」

魔王は最近の若者の考えがまったく理解できなくてそこそこ恐怖を抱いた。

第十三章 ＊ とにかくモテたいナナの話

放課後《ほうかご》の家庭科室で三人の女子高生がだらだらしていた。

「モテたいなぁ」

つまるところ頭が一ミリも働いていないことを示《しめ》す虚無《きょむ》に満ちた言葉を漏《も》らすナナ。

ユカとシノにとってナナが語る「モテたい」は、学生がよく口にする「昨日《きのう》何食べた？」とか「授業ダルくね？」もしくは脳《のう》みそすかすかの大学生の口からよく出ている「ウェーイ！」みたいな鳴き声と同義《どうぎ》である。

なので頷《うなず》きながらユカは一言だけ応えた。

「ふうん」

「反応薄《うす》っ！」

「だってお前いつも言ってるじゃん」

「それだけ私のモテたい欲がモノホンってことだよユカち。せっかくの女子高生なのに私たちは恋愛《れんあい》のレの字も経験してないんだよ？　これって勿体《もったい》ないことだと思わない？」

「ンなこと言われてもあたしはそういうの興味《きょうみ》ねえしなぁ……」

「じゃあ今日は私と一緒《いっしょ》にモテモテになる方法を勉強しよう！　ユカち！」

鼻息《はないき》を荒《あら》くしながらぎらぎらとした目で迫るナナ。こわ。

「いやあたしは面倒《めんどう》くさいからいいや……」

「そんなこと言わずに!!　ユカちも最強モテカワ女子になりたいでしょ!?」

「最強モテカワ女子（笑）」

「鼻で笑わないで!!」

「つーか何だよその珍妙《ちんみょう》な単語」

説明しよう。

最強モテカワ女子とは——最強にモテる可愛《かわい》い女子の略語《りゃくご》である。

「すげえスカスカな説明だ」

「どう？　なりたいでしょ？」

「いや別になりたくねえけど」

「でも最強モテカワ女子になったら色々いいことあるよ？」

「例えば？」

「まずいろんな人に可愛いって言われるでしょ？」

「ああ」

テキトーな相槌《あいづち》を打ちながらユカは普段の自身を思い返してみる。

——配信で毎日のように可愛いって言われまくってるな……。

「あと時々プレゼント貰《もら》ったりもするでしょ？」

「うん」

——配信《はいしん》で投《な》げ銭《せん》よく貰ってるな……。

「それからいろんな人に告白《こくはく》とかもされちゃうかも⁉　きゃーっ」最強モテカワ女子に進化した自分自身を想像しながら興奮《こうふん》するナナ。

「なるほどね？」

——そういえばよく距離感《きょりかん》バグってるリスナーから愛の告白されるな……。

ナナの中にある最強モテカワ女子の定義に当てはめて一つ理解できたことがあった。

「あたし今でも結構《けっこう》モテてるみたいだから別にいいわ」

「チッッッッッッッッッッッッッッ‼」

「お前キャラ変わってんぞ」

クソでかい舌打《したう》ちとともに机《つくえ》を叩《たた》くナナに若干《じゃっかん》引いた。必死すぎる。最強モテカワ女子（笑）とはおよそ正反対《せいはんたい》に位置していそうな風格《ふうかく》すらある。

「もうやだやだやだーっ！　私もモテモテになりたいーっ！」

自分と同類だと思っていた仲のいい友達が意外とモテる——突如《とつじょ》として突《つ》きつけられたその事実が与える衝撃は驚天動地《きょうてんどうち》。応援していた声優《せいゆう》に彼氏がいた時のアレに匹敵《ひってき》する。

簡単にいうとナナの脳が壊《こわ》れた。

「やだー‼　やだやだやだ‼　モテたいー‼」

床《ゆか》に転がり泣き喚《わめ》く。さながら殺虫《さっちゅう》スプレーを当てられてもがき苦しむG。ショッピングモールのお菓子《かし》売り場で泣き喚くクソガキの類《たぐ》いである。

「もー。わがまま言うなよ。そんなこと言ったたって仕方《しかた》ねえだろ」

呆《あき》れながらもナナのそばで屈《かが》むのは致命傷《ちめいしょう》を与えた張本人《ちょうほんにん》。

「やだ!! モテたい!!」ふんっ！ とユカを見上げながらナナは分かりやすく不貞腐《ふてくさ》れた。「私、モテるまでここを絶対《ぜったい》動かないから……!!」

「そのままだと一生《いっしょう》モテそうにないけどそれでいいのか……？」

「それは嫌《いや》っ！」

「クソわがままだな」

「モテモテになる道具何か出してー！ ユカえもーん！」泣きながらユカのお腹《なか》の辺りにがっしりと抱《だ》きつくナナ。

「誰がユカえもんだ」

分かりやすく呆れながらユカはナナをなだめるように頭をぽんぽんと叩いた。「大体そういうのはあたしじゃなくてシノの役割だろ」

なんかそういう道具とか作ってもらえば？

「でも、シノえもんは今ちょっと忙《いそが》しえもんだもん」

「もんもんうっせぇなお前」

「モテたくて悶々《もんもん》としてるせいかもしれない……」

どんな理由だよと内心呆れながらユカは視線を向ける。お料理研究同好会《りょうりけんきゅうどうこうかい》のもう一人のメンバーであるシノは、ナナがあれだけ騒《さわ》いでいたにもかかわらず涼《すず》しい顔で本を読んでいた。

「シノ、話聞いてた？」

顔をあげるシノ。

こくりと頷いた。

「ぱちこり」

「何だぱちこりって」

「ナナがユカのおへその匂《にお》いフェチだという話でしょう？」

「てめぇ今の状況《じょうきょう》だけで判断しただろ‼」全然話聞いてねえじゃん。

「どうして私が状況判断だけで正解を導き出せるか分かる？」

「正解じゃねぇよ‼」

「私が天才《てんさい》だから」

「天才でもねぇよ‼」

「でも確かにユカちのおへそっていい匂いするね」

「お前……ッ、ホンモノか……？」

お腹回りに抱きつくナナから異様《いよう》な気配《けはい》を察知《さっち》してすぐさま引き剝《は》がす。

ナナの目は爛々《らんらん》としていた。

「あ、大丈夫《だいじょうぶ》！　心配しないで！　私、ユカちの体ならどこでも好きだよ！」

「なおのことヤバいんだが？」体目当てか？

「それはさておきシノちゃん。私がモテモテになるような道具、何か頂戴《ちょうだい》？」

すすす、と両手を差し出すナナ。その目はまるで餌《えさ》を待ちつつしっぽを揺《ゆ》らす子犬のよう。シノは静かにナナの手の上に片手《かたて》を重ねて、冷静に告げる。

ナナがモテモテになる道具。

「ないわ」

なかった。

「ないの⁉」

「ぱちこり」

「だからぱちこりって何なの⁉」

「ところでさっきから何の話をしているの？」

「やっぱり全然話聞いてないじゃん‼」

「違《ちが》うわナナ。私は話を聞いていないわけじゃない」

「じゃあ何？」

首を傾《かし》げるナナ。

シノはメガネをくいっとしながら視線を返す。そして口を開き、

「…………………………………………」

「いや何も出てこないじゃん‼」

仕方なくナナは改めて熱を込めて説明した。モテモテになりたい。なんかこう、恋人が欲しいわ

けじゃないけどちやほやされたい。告白とかされてみたい。改めて願望を口にしながらナナは一体私は何をやっているのだろうという思いに苛《さいな》まれた。

「かわいそう」

「やめて‼」

「最強モテカワ女子（笑）」

「笑わないで‼」

ナナが心の底から叫《さけ》んだとて、都合《つごう》のいい道具をシノえもんが出してくれるはずもない。そんな物をたまたま偶然《ぐうぜん》持ち歩いている人間などいないのだ。

「でも、事情はよく分かったわ」

しかし全知全能《ぜんちぜんのう》、才色兼備《さいしょくけんび》、焼肉定食《やきにくていしょく》のシノに不可能はない。「あなたを最強モテカワ女子にする道具は持っていないけれど、理想に近づける手伝いだったらできるかもしれない」

メガネの奥でシノの瞳《ひとみ》が光る。

「わぁい！　ありがとうシノちゃん！　大好き！」

「ふふふ。いいのよ」

抱きつくナナに対し、いつものようなローテンションでシノは答えていた。

「お前がこういうのに乗り気になるなんて珍《めずら》しいじゃん」大体いつも大した興味を示さないイメージがある。

「失敬《しっけい》ね、ユカ。困っている友人に手を差し伸《の》べるのは当然のこと」

「そんなセリフ吐《は》くなんて益々《ますます》珍しいんだが」

一体何があったのだろうか？　腕《うで》を組んでふむと疑問《ぎもん》を抱《いだ》くユカ。そのときなんとなくシノが手に持っている本が目に入った。

『コンサル経験者が教える問題解決術』

無地《むじ》の表紙に馬鹿《ばか》でかい文字でそう書かれていた。なんとなく無駄《むだ》にコンセンサスだのフィックスだの無駄に長い横文字を多用して会話している、ツーブロックでコロンの匂いがきついビジネスマン風の男が愛読《あいどく》していそうな雰囲気《ふんいき》がある。

「おまえ、本に影響《えいきょう》されてね？」

「されてないわ」

「いやでも」

「最強モテカワ女子にするためにまずナナのアイデンティティにイノベーションを引き起こしましょう」

「めちゃくちゃ影響受けてるじゃねえか!!」

なんのことやら。シノは涼しげな様子で顔を背《そむ》ける。何はともあれこうしてナナを最強モテカワ女子（笑）にするためのアクティビティがローンチしたのであった。

▽

「ナナを最強モテカワ女子にするためには、ナナに何かを掛け合わせてモテる女子へと導くことが一番手っ取り早いと思うわ」

きゅきゅきゅっとホワイトボードに縦線《たてせん》を引いて二分割《にぶんかつ》するシノ。

モテ要素《ようそ》

シチュエーション

右側と左側にそれぞれ綴《つづ》る。これも問題解決の本で学んだことなのだろうか。シノは「これら二つをナナと掛け合わせることで普通の女子でもワンランク上のモテカワ系に押し上げることができるようになるわ」と断言《だんげん》する。

ユカはふむと頷く。ナナに要素を二つ掛け合わせてモテる女子にする。これはつまり、分かりやすく言い換《か》えるならば。

「きゅうりにはちみつをかけてメロンの味を作るのと大体同じような流れだな」

「ナナ。何かアイデアはある？」

無視《むし》された。

しかし理解の早いユカとは違いナナの頭の中ではいまいちまだピンときていないらしい。小首を傾げてユカの方に目を向ける。

「これってつまり、恋愛映画とかでよく見るものでもいいのかな」

「ま、いいんじゃねえかな。何かあるか？」

「山﨑賢人《やまざきけんと》」

「役者の話はしてねえよ‼」

いまいち分かっていないナナの代わりにユカから答えることになった。

先んじてナナが語った「恋愛映画でよく見るもの」になぞらえて、よく見かける登場人物の特徴を指折り数えながら並べてゆく。

『積極的な女子』つまりうそ偽りないストレートな自己表現が上手《うま》い女子。

『小悪魔《こあくま》な女子』つまり男を弄《もてあそ》んで操《あやつ》るのが上手い女子。

『前向きな女子』つまりどんな状況下でも笑顔を絶《た》やさない女子。

ユカはこれらすべてを総称《そうしょう》してクソあざとい女と略している。

「なるほど」

ホワイトボードの『モテ要素』の欄《らん》にきゅきゅっと箇条《かじょう》書きするシノ。「それじゃあシチュエーションの方はどうかしら。何かアイデアはある？」

視線が再度ナナを捉《とら》える。

ユカが代わりに答えたことでナナは話の流れをようやく理解した。「なるほどぉ」と手を叩いてユカを見る。

「つまり恋愛映画とかで胸がキュンとするようなシチュエーションを言えばいいんだよね？」

「そうなるな。何かあるか？」

「雪山《ゆきやま》で遭難《そうなん》、爆弾処理《ばくだんしょり》、銀行強盗《ぎんこうごうとう》」

「お前が観てるの恋愛映画じゃねぇよそれ」

「なるほど」

「お前も書くな書くな」胸キュンの意味が違うだろ。

きゅきゅっと『シチュエーション』の欄に羅列《られつ》するシノ。

「ユカ。ブレインストーミングでは他人《ひと》の意見を否定《ひてい》してはならないの。たくさんの意見を出し合うことで個人の枠《わく》にとらわれない自由な発想を生み出すのよ」

シノは本に書いてあった文章をそのまま諳《そら》じるように平坦《へいたん》な口調で語っていた。

「じゃああたしがもう一回『シチュエーション』の欄に書けるような案出すわ。このままだと意味分かんねえことになるだろ」

「それはダメ」

「早速《さっそく》否定してるじゃねえか‼」

「なぜなら書くのが面倒」

「しかもお前個人の問題じゃねえか‼」

個人の枠にとらわれまくりだった。

しかし走り出した会議は止まらない。

「というわけで案が集まったわ、ナナ」

「集まってねぇよ‼」

「なんかよく分かんないけどこれを実践《じっせん》すれば最強モテカワ女子になれるってことだよね⁉」鼻息荒くふんふんしながらナナはホワイトボードをガン見する。

内容が支離滅裂《しりめつれつ》でも文字で埋《う》め尽《つ》くされたホワイトボードに「なんか私たち、頭いい話し合いしてるっぽ〜い！」としか感じていなかった。ナナは馬鹿だった。

「これらを組み合わせることであなたは最強になるわ」

「なるほどぉ……‼　さすがはシノちゃん。天才だねっ！」

「ふふふ。さあナナ。このシチュエーションとモテ要素を組み合わせることで生まれる最強の自分自身をイマジンしてみて」

「イマジンって何？」

「ジョン・レノンよ」

言っている意味がよく分からなかったがナナはその場の流れでなんとなく瞳を閉じた。イメージするのは常に最強の自分自身。それから頭の中で生み出されたのは、ホワイトボードに綴られたシチュエーションとモテ要素が生み出すハーモニー。

それはまるで恋愛映画のような物語だった――。

「え〜！　すごーい！　ユカ男《お》くんって、大手ＩＴ企業に勤めてるんだぁ〜！　私憧《あこが》れちゃうかも〜！」

きゃるるん、とした声で媚《こ》びるナナ。目の前にはクールな表情で「ふん」と鼻を鳴らすイケメン男子ことユカ男くんの姿があった。大体男装《だんそう》しているユカみたいな見た目。女の子に対する耐性《たいせい》がないのだろうか。ユカ男くんの視線は外へと向けられていた。

「別に凄《すご》くねえよ」

最高にクールなユカ男くん。

その視線の先は猛吹雪《もうふぶき》。

──二人は遭難していた。

「……外、綺麗《きれい》だね」

「おまえ頭バグってんのか？？？？？？？？」

「ねえ、ユカ男くん。好みの女の子のタイプってどんな子？」

「まともな感性《かんせい》してる子かな」

「そうなんだ!!　……話変わるけど頭のいい子と馬鹿な子だったらどっちが好き？」

「頭のいい子」

「そうなんだ!!　……話変わるけどおっぱい大きい女の子とか好き？」

「いや別に」

「そうなんだ!!　ところで好きな食べ物は何かな」

「ハンバーグ」

「わあびっくり!!　私実はハンバーグが得意料理なの。私たちってお似合《にあ》いだね!!」

「都合の悪い回答無視すんなよ!!」

「私の得意なものとユカ男くんの好きなものが同じなら、きっとこれからもずっと一緒にやっていけると思うんだ。私たちって……どうかな？」

「ハンバーグ以外全滅《ぜんめつ》だから無理だろ」

「えへへ。これからも二人でたくさん思い出作っていこうね♡」

「………」

「ねえユカ男くん……私って、どうかな？」

遭難中であるにもかかわらず積極的に恋を実らせようとするナナ。ユカ男はそんな彼女の姿勢《しせい》に強く胸を打たれた。

そして彼女を見つめ、答える——。


「こんなんで上手くいくわけねえだろうがあああああああっ!!」

ナナの妄想《もうそう》を強制終了させた。

なんか色々と無理だった。相手役をさせられていることはさておき絶体絶命《ぜったいぜつめい》の状況下できゃぴきゃぴしたノリで来られたらブチギレする未来しか見えなかった。

「もー、止めないでよユカち。せっかくこれから山場《やまば》だったのに」むくれるナナ。

「山場以前にそもそも実現不可能だろ!!」

「大丈夫。ユカ男くんを拉致《らち》して雪山に閉じ込めることでシチュエーションを成立させるから」

「犯罪に手を染めてまでモテようとすんな!!」

「ところで知ってる？　ユカち。世の中には吊り橋《つばし》効果ってものがあってね――」

吊り橋効果。

男女が危険な吊り橋の上を一緒に歩いた時のドキドキを恋愛によるドキドキと勘違《かんちが》いして恋に落ちるだとか落ちないだとかいうアレである。

「つまり私が吊り橋まで連れていけばドキドキは必然。二人の仲は急接近間違《まちが》いなしだよ！」

「どこまでも加害者と被害者の関係から変わらねえだろそれ」

「――なるほど、吊り橋効果を利用するのね……面白《おもしろ》いわ」

横でシノはふむふむと頷きホワイトボードに『吊り橋効果でドキドキ♡』と真顔《まがお》で書き込む。

「ナナの意見を採用して私も一つシミュレーションを完成させたわ」

「えー？　なになに？　聞かせて聞かせて！」

「ろくなことになる未来が見えないんだけど」

しかし突っ込むユカの声は既《すで》に聞こえていない。

ホワイトボードの前でシノはすっ、と瞳を閉じる。極限の集中。イマジン。シノの頭の中で空想のナナとユカが既に物語を繰り広げていた――。

「ユカ男センパ～イ♥」

背後からむぎゅっとナナが抱きついてきたのは突然のことだった。背中《せなか》に伝わるのは柔《やわ》らかな感触。女の子のいい匂いがユカ男の鼻腔《びこう》をくすぐった。

「ば、馬鹿、やめろよっ！」

作業を中断《ちゅうだん》し、ユカ男は必死の形相《ぎょうそう》で振り返る。ユカ男とナナは職場の先輩《せんぱい》、後輩《こうはい》の関係にある。女性に耐性のないユカ男はいつも小悪魔なナナに振り回されていた。

今日もそれは変わらない。

「あはっ♪　センパイ、顔真《ま》っ赤《か》じゃないですかぁ」頬《ほお》をつん、とつっつくナナ。

「仕事の邪魔《じゃま》になるから、どけよ」

「ひどーい！　センパイったらつれないなぁ。私のこと嫌いなんですかぁー？」

むーっ、と頬を膨《ふく》らませるナナ。

「いやマジで。今大事な仕事中だから」

「もー、そんなこと言って。仕事と私、どっちが大事なんですかっ？」

「今この状況においては仕事だな」

「えぇー？　ひどいっ！　……ところで今何してるんですか？」

ユカ男はちらりと自身の手元に視線を戻す。

それから答えた。

「爆弾処理」

「そんなことより私とイイことしませんか……♥」

「おまえ自殺願望《じさつがんぼう》でもあるのか？」

「センパイのお耳可愛い～！　息吹《いきふ》きかけていいですか？」

「触《さわ》るなやっ‼」

「ふーっ」

「あ、やっ、……ッ」

「今びくってしましたね？　ふふっ、女の子みたい……♥」

小悪魔系のナナはにんまりと笑う。決してナナはユカ男に対して好意があるわけではない。いたずらをすればその分だけ返ってくるユカ男の反応が小悪魔なナナの心を満たしてゆくのだ。

「次はどこを攻めちゃおっかなぁ～」

すすす、と指をユカ男の背中に這《は》わせる。

「……っ、や、やめっ――」

ユカ男の両手が震《ふる》え、胸が高鳴る。この気持ちは一体何だろう。決してミスできない仕事に従事《じゅうじ》していることへの緊張感だろうか。

それとも。

「セ・ン・パ・イ」

不意《ふい》打《う》ち的に耳元で甘《あま》く囁《ささや》く声が、ユカ男の判断力を鈍《にぶ》らせる。

この気持ちは、一体何だろう。

ひょっとして恋――。

「ドキドキしてんのあたしの方だけじゃねえか‼」

趣旨《しゅし》変わってるじゃん。

あと人格《じんかく》も変わってるじゃん。

色々と突っ込みたい気持ちを一言に集約《しゅうやく》しつつ話を中断させるユカだった。

「えっ、ユカち……ひょっとして私のこと好――」

「そういうドキドキじゃねえから‼」

「ユカはそう突っ込みながらも、胸に手を当てて今一度考える。果《は》たして本当にこの胸の高鳴りは緊張によるものなのだろうか――」

「変なモノローグ入れんじゃねえ‼」

声を荒らげるユカだったがシノはあくまで涼しい表情を浮かべるだけだった。突っ込まれ慣れている。ツバが飛んできたのでメガネを拭《ふ》いてかけ直す余裕《よゆう》があるほどだった。

「ばっちい」

「…………」

あんまり興奮しないで、と普通に諭《さと》された。

興奮？

「ユカち……」

「…………」

きゅん、と隣《となり》でナナの胸が高鳴る雰囲気がしたがユカは無視した。こほんと咳払《せきばら》い。「ていうか二つとも特殊《とくしゅ》すぎて何の参考にもならねえだろ」

「そうね」

首肯《しゅこう》するのはシノ。「でも二つシミュレーションを重ねて見えてきたものが一つあるわ、ユカ。一体何だと思う?」

「シチュエーションが特殊すぎることか?」

「そう。ナナの性格が今と違いすぎることよ」

「シチュエーションが特殊すぎることだろ」

シノはホワイトボード上に記載《きさい》された『積極的な女子』『小悪魔な女子』の文字に上から線を引いて削除《さくじょ》した。

残されたのは『前向きな女子』の一つだけ。

そしてシノはシミュレーションを重ねた上で出た結論を述《の》べた。

「やっぱりナナは今のままで十分に魅力的だわ。最強モテカワ女子の素質《そしつ》を十分に備《そな》えているといえる」

滅多《めった》に笑わないシノの顔にほんの少しの笑《え》みが浮かぶ。

聖母《せいぼ》かな?

「し、シノちゃん……!」

「足りないものがあるとするなら……それはモテるためのシチュエーション」

「シノちゃん……」

「それと教養《きょうよう》」

「シノちゃん……？」

「あと知性《ちせい》」

「シノちゃん……！」

全然聖母じゃない。

割《わり》と辛辣《しんらつ》だった。

「今のナナのままでも、三つ目のシチュエーションに当てはめてみればモテモテになる予感がするわ」

シノはぐるりと三つ目のシチュエーションを丸で囲《かこ》む。

銀行強盗。

「いや無理じゃね？」

「やってみましょう。イマジン」

「無理だろ」

ユカの制止も聞かずにすっ、と瞳を閉じるシノ。どこまでも突っ込まれ慣れているシノの頭の中では既に銀行強盗が銃《じゅう》を乱射《らんしゃ》し、銀行内をパニックに陥《おとしい》れていた――。

「だ、大丈夫だよみんな！　きっと助かるから！　安心して！　ね？」

ナナの声が響《ひび》き渡る。既に銀行内は閉め切られており、不運《ふうん》にも閉じ込められてしまった民間人、そして銀行員たちが、銀行強盗を前に怯《おび》えている。

笑みを浮かべているのはナナだけだった。

「こ、こんな状況で何言ってんだよお前……」

地面にうずくまりながら、銀行員のユカ男は得体《えたい》の知れないものでも見るような視線をナナに向ける。非常事態における非常識に、呆れを通り越して恐怖《きょうふ》を覚えるほどだった。

「いい？　どんな時でも一番大事なのは笑顔！　笑っていれば絶対大丈夫だから！」

「い、いや……、今は笑えるような状況じゃないんだけど……」

「ほら笑って！　君お名前は？　ユカ男くんね？　じゃあユカ男くん！　笑って？」

「え、いや無理——」

「笑って！」

「いや——」

パァン！

ユカ男の言葉を遮《さえぎ》るかのように、銃声《じゅうせい》が響き渡る。

「ひいいいっ!!」

「だ、大丈夫だよ!!　ユカ男くん!!　きっと警察《けいさつ》が駆《か》けつけてくれる!!」

「どうしてそんなに前向きなんだ……？」

「どうしてだと思う？」

ナナはユカ男の肩に手を回し、ここぞとばかりに笑っていた。

密着《みっちゃく》する二人。ユカ男の胸が高鳴った。

「ど、どうしてって――」

ナナの格好《かっこう》に視線を向けるユカ男。

服装は黒尽《くろず》くめ。顔は覆面《ふくめん》を被《かぶ》っており、手には先ほどから何度も発砲《はっぽう》している銃が握《にぎ》られている。

「お前が強盗だからだろ」

「私が前向きだからだよ！」

「お前が強盗だからだよ!!」

「うるさいっ!!」

パァン！

無慈悲《むじひ》な銃声が銀行内に響き渡る！

「遮る度《たび》に銃撃《う》つんじゃねえよ!!」

「さあユカ男くん。笑って！　笑わないと撃っちゃうよ」

「お前が求めてることが分かんねえよ」

「ところで話変わるけど、ユカ男くんってお付き合いしてる子とかいる？　よかったら私とかどうかな」

「銃突きつけながら聞くセリフかそれ？」

「ちなみに首を横に振ったらどうなるか分かってるよね？」

「シンプルな脅《おど》し!!」

「それに私たちって実は結構お似合いだと思うんだよね。だって今ドキドキしてるでしょ？」

「してるけど」

「どうしてだと思う？」

「脅されてるからだろ」

「それが恋だよユカ男くん」

「脅されてるからだよ!!」

パァン！

ユカ男の突っ込みを銃声が遮る。

「付き合っちゃおっか、私たち」

「やだけど」

首を横に振る。

ナナはそんなユカ男の眉間《みけん》に笑顔のまま銃を突きつける。

「撃つよ？」

「付き合います」

「よし!!」

こうして二人はめでたくゴールイン。子宝《こだから》にも恵《めぐ》まれ、生まれた子供はなんと九人。ユカ男とナナはそれから盗んだ金で楽しく賑《にぎ》やかに暮《く》らしましたとさ。めでたしめでたし。

「何一つめでたくねぇよ!!」

「ユカちって子供だけで野球チーム作りたいタイプの人なの？」

「お前、他に突っ込むところなかったのか？」

最初に疑問を持つところはそこなのか？　そこでいいのか？

「三つ目でようやくモテモテになったわね、ナナ」

なってねえだろ。

「今ので分かる通り、どんな時でも前向きな姿勢がナナをモテモテにしてくれるはずだわ」

なってねえだろ。

断言するシノに対してユカは何度となくそう思ったが、なんかもう色々と面倒だったので口には出さなかった。

というかよく考えてみれば。

「でもそれってつまり言い換えるとナナは犯罪でもしない限りモテないってことにならないか？」

これまで並べた例はいずれも特殊すぎるものであり、実現は困難。簡潔明瞭《かんけつめいりょう》に言えば『こうでもしないとナナはモテません』と断言しているようなものである。ていうかモテてもいない。

「そ、そんな……！」

ナナは愕然《がくぜん》とした。妄想の中で子供につける名前を考えていたら横から急に現実を突きつけられてやってらんなくなったのだ。

結果再びナナの脳が壊れた。

「やだやだやだーっ‼　私モテモテになって最強の野球チーム作るんだもん」

床に転がるG。じゃなくてナナ。

「また泣かせたわねユカ」

「勝手に泣き出しただけだけどな」

「そう言って今まで多くの女を泣かせてきたのね……」

「変な言い方すんな‼」

「でもナナ、安心して。あなたがモテモテになる方法はまだ残されているわ――」

シノはナナの傍らに腰《こし》を下ろす。メガネの奥から見下ろすその目は慈愛《じあい》に満ちている。

それから語られる言葉はさながら啓示《けいじ》のようだった。

「目立てばいいのよ」

「悪魔みてえなこと囁くなよ……」

「注目を浴びればモテるわよ」

迷惑系《めいわくけい》YouTuberってこうして生まれるんだなぁとユカはぼんやり思った。

「注目を浴びれば、モテる……！」

そしてナナはどこまでも乗せられやすかった。

すっと立ち上がる。

「なるほど……一理《いちり》あるね……！　私、やってみる！」

「さすが。銅《どう》のようなメンタリティーね」

銅？

「メンタルが硬《かた》くて強いってこと？」

「そうね」

熱しやすくてチョロいという意味である。

「でもどうやって目立てばいいの？」

「メントスコーラでもすれば」

「何で急に投げやりなのシノちゃん」

注目を浴びればいいとは言ったもののシノもユカも決してよく目立つような生徒ではない。目立つ方法を聞かれても最適解《さいてきかい》は得られなかった。かと言って先ほどのようにホワイトボードにあれこれ書いてディベートをする気にもなれなかった。

それはなぜか。

「なんか飽《あ》きたわ」

「急に⁉」

「目立つ方法は私たちもよく分からないから、専門家を呼びましょう」

面倒そうなところは外注《がいちゅう》することにした。

スマートフォンを取り出しシノはどこかに電話を掛ける。

「もしもし。私だけど」

相手はワンコールで出た。冷静にシノは言葉を並べる。「今何してるの？　トイレ？　そう。どうでもいいけどすぐに来てくれるかしら」スマートフォンの向こうで誰かが喚いている声が聞こえたがシノは無慈悲に通話を終えた。その後すぐに折り返しの電話が来たので電源を切った。いいからとっとと来いという無言《むごん》の圧力《あつりょく》である。

「誰呼んだんだ？」

首を傾げるユカにシノは真顔のまま答える。

「コスプレイヤー」

そして約十秒後のこと。

「いやわらわ魔王《まおう》なんじゃが⁉」

家庭科室の真《ま》ん中《なか》に顕現《けんげん》するのは無駄に露出《ろしゅつ》の多い大人の女性。ちょっと前から侵略《しんりゃく》のためにちょこちょこ地球《ちきゅう》に来ている異世界《いせかい》の魔王（本物）である。そして本物だと思っている人間は誰もいない。特にお料理研究同好会の面々《めんめん》はせいぜい魔王（笑）くらいにしか思っていない。

「おめえ登場の演出《えんしゅつ》すげえ派手《はで》だな」

「演劇部《えんげきぶ》ってすごーい」

「眩《まぶ》しいわ」

三人並んでぼけーっとしていた。

「おぬしら目ぇバグっとるんか？」

たとえ異世界から目の前に飛んできていたとしてもナナたちの中で魔王はどこまでも演劇部だった。それはさておき魔王はキレた。

「ていうかわらわ今トイレ中だったんじゃが‼」

急に何なんじゃ！　と声を荒らげる魔王。

「手ぇ洗ったか？」

「大小どっち？」

「ちゃんと流した？」

「おぬしらデリカシーないとかよく言われない？」

ていうかわらわ何で呼ばれたのじゃ？

顔をしかめる魔王に、ナナが抱える問題を簡単に説明するシノ。

モテモテになりたいナナ。モテるためには目立つ必要があるが、ナナたちは人の注目を集める方法がよく分からない——。

「ほうほう」

ナナたちの知り合いの中で、人の注目を集めるような魅力的な人物はいないだろうか。探していたところ、シノは魔王のことを思い出す——。

「ふむふむ」

魔王ならばモテモテになれる秘訣《ひけつ》を何か知っているのではないだろうか？　そんなわけでシノは魔王を急遽《きゅうきょ》呼び出した——。

「ほっほ〜う？」

にんまりする魔王。褒《ほ》められて背中のあたりがぞくぞくした。

魔王さんの、ちょっといいとこ見てみたい――。

シノは囁く。

「お金をあげるから普段通りの生活を見せてちょうだい」

すっ――と差し出したのは現金一万円。

「なんじゃそれ」

魔王は現金が何か分からなかった。シノは色々と面倒だったので「何でも手に入れることができる魔法の紙よ」と適当に説明した。

「マジか～⁉　おぬしめっちゃいいやつじゃん」

「それを使って普段通りに生活をしてみて。目立つ人間の行動パターンを学ばせてほしいの」

「よかろう！　だったら見ておれ！　わらわの生き様をなぁ！」

そして魔王は一万円を握りしめて街に出た。

一時間後。

「ちょっといいかな」

捕まった。

それは魔王が大通りでテキトーにふらふらと散策《さんさく》していたときのことだった。普通に職務質問《しょくむしつもん》を受けた際に回答があまりにもアレだったのでそのままパトカーに乗せられた。謎の白い粉《こな》を手に持っていたのも相まって完全にアレをキメている危険人物と見做《みな》されていた。ちなみに手に持っていた白い粉はその辺で買ったラムネであり、「わらわの力《パワー》を見るか？　こんなもの、こうじゃ……！」

と粉々《こなごな》に砕《くだ》いたものだった。側近《そっきん》へのお土産《みやげ》として持っていたらしい。意味が分からない。警察官にブチギレられて魔王はちょっと泣いた。

「ていうか君この前も牛丼屋《ぎゅうどんや》で食い逃げしてたでしょ」「相変わらずすげぇツノだなぁ……」

サイレンを鳴らして走り去るパトカー。

「…………」

そしてナナたちはそんな様子を見送った。

「……なんか、目立つとかモテるとか……今はそういうの……いいかな」

銅のようなメンタリティー。

熱しやすく冷めやすいナナはすっかり白《しら》けた様子で語る。

それからしばらくの間、ナナが「モテたい」と呟《つぶや》くことはなかったという。

第十四章 ＊ 天啓

FIVE SECONDS LEFT UNTIL NANA STIRS UP TROUBLE

あるところに深刻《しんこく》そうな表情を浮かべている女子高生がいた。

「困《こま》ったなぁ……」

その場で苦悶《くもん》の表情を浮かべるのはナナ。

彼女は悩《なや》んでいた——答えのない問いの前に立たされたかのような気分だった。踏《ふ》み出すことも、戻ることも躊躇《ためら》われる。

かと言ってその場で延々《えんえん》と立ち尽《つ》くしているわけにもいかない。

もはや彼女は自身が何をすればいいのかすら分からなくなっていた。

「どうしよ……全然頭が働かないや……」

誰か、助けて——。

時間だけが無情《むじょう》に過ぎてゆく中で、彼女は祈《いの》る。

救いを求めて彼女は祈る。

そんな時のことだった。

——悩んでいるようですね。

突然《とつぜん》、ナナの頭に囁《ささや》きかける声があった。

（⁉　だ、誰……⁉）

驚《おどろ》いて辺《あた》りを見回すナナ。しかし周りには誰もいない。

――私は汝《なんじ》の迷いを晴《は》らす者……。

（うそ……！　やっぱり声、聞こえる……。でも一体どこから……？）

突然語りかけてくる正体不明《しょうたいふめい》の声。幻聴《げんちょう》だろうか。それともＡＳＭＲの聴《き》きすぎで頭がバグったのだろうか。

頬《ほお》に一筋《ひとすじ》の汗が流れる。

自身以外の吐息《といき》は感じない。しかし確《たし》かに、頭の中に直接語りかけてくる声がある。

――私の名は、導《みちび》きの神。

（み、導きの神……？　一体どこから私を見てるんですか⁉）

――私は神。明確な姿を持ちません。どこからでもあなたのことを見ていますよ……。

（ど、どこからでも……⁉）

ナナは咄嗟《とっさ》にスカートを押さえた。

見られてる……‼

――いやそこは見てません。

（スカート覗《のぞ》く人ってみんなそう言うんですよ）

――私があなたの下着《したぎ》の色に興味《きょうみ》があると思いますか？

（スカート覗く人ってみんなそう言うんですよ）

——いやだから……まあもういいです。

なんか色々と面倒《めんどう》くさくなったので突《つ》っ込《こ》むのをやめた。押し問答をしていたらいつまで経《た》っても本題に入れない。

導きの神は咳払《せきばら》いをしたのち話題を戻す。

——それよりも、汝。助けを求めていましたね？

（いや……まあ、はい。そうですけど）

——では私があなたの助けになりましょう。

（えー？　何でですか？）

——私は導きの神。迷える者を導くのが我が役目なのです。

それは言わば天啓《てんけい》であった。

日本の神々《かみがみ》は古来《こらい》、迷える者のそばにいた。

例えば大昔。人が海辺でなまこを発見した時。神はその者の耳元《みみもと》で『それポン酢《ず》に漬《つ》けると美味《うま》いっすよ……』と囁いた。なまこ酢《す》が誕生した瞬間《しゅんかん》である。

他にも神々は味噌《みそ》を作っている過程《かてい》で生まれた変な液体に対して『それ醤油《しょうゆ》!!　捨《す》てるな!!』と天啓を授《さず》けた。ノリで藁《わら》に詰《つ》めた豆《まめ》が腐《くさ》った時も『いや腐ってねえからそれ!!』と割り込んだりもした。歴史は常に天啓と共にある。

——そして此度《こたび》は汝に天の導きを授けましょう……。

（ほえ〜）

なんかよく分かんないけど凄《すご》いんですねぇ、と頷《うなず》くナナ。傍目《はため》にはＩＱ３くらいしかなさそうな間抜《まぬ》け顔をしているようにも見えた。

——さあ汝の悩みを言いなさい。私が解決に導いて差し上げましょう。

（えー？　いいんですか？　正直めっちゃ助かります！）

——構いませんよ。

（でも何で私を助けてくれるんですか？）

——最近ノルマが厳《きび》しくて。

（ノルマ）

急に出てきた生々《なまなま》しい単語に閉口《へいこう》した。

——神の世界も定期的に天啓を授けなければならないノルマ的なものがあるのです。

（私ノルマのために声かけられたんだ……）

私のこと気にかけてくれたわけじゃないんですね……。面倒くさい彼女みたいにむくれるナナ。

——それで、先ほどは何を悩んでいたのですか。

（あ、はい！　えっとですね——）

それからナナは大きく頷いたのちに、どこで見ているのか分からない導きの神に対して、言った。

（今日の晩御飯《ばんごはん》のメニューです！）

などと。

——なるほど晩御飯のメニュー……。

（はいっ！）

――晩御飯のメニュー？

（はいっ！）

――そう、なんですか。

（何を作ればいいと思います？）

――そういうのはちょっと。

（ちょっとって何ですか）

導きの神はあからさまに難色を示していた。

――なんかそういう感じの悩みは自分で解決してほしいんですけど。

（えー!?　いやでも解決に導いてくれるって言ったじゃないですか）

――いやそういう感じの悩みだとは思わなかったので。

（そんなの知りませんよー！　私最初っから晩御飯のメニューで悩んでましたけど？）

――でもなんか最初の方ちょっとシリアスな雰囲気《ふんいき》だったじゃないですか。

（ほえ～？）

――その顔やめなさい。

なんか腹立つから。

（というか普通、ショッピングモールの食品売り場で悩んでる人がいたらそれ大体晩御飯のメニューのことだって思いません？）

ナナは辺りを見渡しながらどこかで聞いているであろう神に問いかける。

休日。時刻は昼過ぎ。

食品売り場で家族連れや主婦《しゅふ》ないし主夫《しゅふ》と思《おぼ》しき人たちがカゴを片手に歩いている。

──私は導きの神。人間の常識を押し付けないでください。

導きの神は自身の勘違《かんちが》いを冷静に指摘されたことで拗《す》ねた。神は器《うつわ》が小さかった。

（まあでもせっかくなんで、アドバイス貰《もら》えたら嬉《うれ》しいんですけど、晩御飯、どんなのがいいと思います？）

せっかくの休日だし、両親に手料理を振舞《ふるま》ってあげたい。そんな女子高生のほほえましい愛情にふさわしい料理の提案を期待するナナ。

──えっと……。

導きの神は普通に困った。

──私、普段は外食で済《す》ませるタイプだからこういうのはちょっとなぁ……。

小声でぶつぶつ言いながら導きの神は考える。

得意分野ではない。しかし馬鹿《ばか》っぽい女子高生に対して「分かりません」と返すことはプライドが許さなかった。神は器が小さい上にプライドだけは人一倍だった。どうしようもない。

結局悩んだ末に、導きの神は無難《ぶなん》な答えを用意した。

──カレー……とか？

（えっ？）

――あ、違いましたよね。そうでしたよね。はい。

(わーびっくりした。導きの神様なのに小学生みたいなこと言うんですもん)

――私は導きの神ですよ？　そんな安易《あんい》なことを言うわけないじゃないですか。馬鹿なんですかぶっ殺しますよ。

(なんか口悪くなってないですか)

――気のせいです。

渾身《こんしん》の提案を拒否《きょひ》されて導きの神は機嫌《きげん》が悪くなっていた。

(それで今日の晩御飯なんですけど)

――はい。

(結局何がいいんですか？)

――えっとぉ……。

(食材に何を使えばいいのかだけでもいいんで！　教えてくださいよう)

――しょ、食材ですか？

導きの神は考えた。そもそも普段食品コーナーに来てもお惣菜《そうざい》コーナーしか徘徊《はいかい》しないので、料理のために必要な食材など分かるはずがなかった。導きの神は揚《あ》げたてのコロッケが店頭に並べられる時間くらいしか知らない。

(早く、早く)

わくわくするナナ。

困り果てた導きの神は最終手段を使うことにした。

それは古来、神々の間でよく使われている手法である。

――北へと向かうのです。

（え、北……？）

――北へ向かい、そこである者と会うのです。その者があなたに晩御飯のメニューを決める手がかりを授けてくれるでしょう……。

（え、手がかり？　え？　いや普通にメニュー教えてほしいんですけど）

――楽をしようとしてはなりません。

（いやでも――）

――ダメです。

（なんか急に融通利《ゆうずうき》かなくなってないですか）

――なってないです。

（でも）

――北へと向かうのです！　早く！

導きの神は強引に押し切った。

曖昧《あいまい》なことを言っておけば大体あとは受け手側がいい感じに解釈していい感じに処理してくれるのだ。古来、困った時はこの手法を使って乗り切っている。導きの神々はクソだった。

（でも北って店の外ですよ？）

——南だったかもしれません。

(どっちですか)

——あなたの信じる道を進むのです。その先に必ず答えはあります……。

(なんか急に適当になってきた……)

——さあ、いいから早く向かうのです!

導きの神はその場のノリで乗り切ることにした。

ナナは「よく分かんないなぁ」と呟《つぶや》きながらも、渋々《しぶしぶ》店内を歩く。導かれている方向とは正反対。

——ほう、神の導きを信じない道を選びましたか。それもまたよいでしょう。

(どれにしよっかなぁ)

それからナナがたどり着いたのは鮮魚《せんぎょ》コーナーだった。

今日は魚が安いらしい。「安いよ安いよ!」はちまきを巻いた店員が棚《たな》の前で声を張っている。

——迷える者よ。ご覧《らん》ください。

(何ですか?)

——私が言った通りになりましたね。

(……なってます?)

——私さっき何て言いました?

(えっと、北に向かって、ある者と会え?)

——そう。その者があなたに晩御飯のメニューを決める手がかりを授けると言いましたね?

（言いましたけど）

――あれです。

（ただの店員じゃないですか!!）

ナナの視線の先で店員は依然《いぜん》として「安いよ！」と客たちにアピールしている。今日は鯵《あじ》が特に安いらしい。

（でも私今日はお魚の気分じゃないんですよねぇ……）

――やっぱり今のは違ったかもしれません。

（どっちですか!?）

――あなたの信じる道を進むのです。その先に必ず答えはあります……。

（この人、絶対に適当言ってるよ……！）

――おっと何ですか？　神を侮辱《ぶじょく》するつもりですか？　いいんですか？　神の怒《いか》りを食らいたいのですか？

導きの神はナナの周りでシャドーボクシングをした。ナナには見えない透明《とうめい》な姿の神からの攻撃はやがてゆるやかな風を生み出す。

（なんか風を感じる……）

――その風に従《したが》うのです。その先に答えが――。

（無視《むし》しよっと）

――風に逆らう。それもまたよい選択でしょう。

神は適当だった。

やがてナナはお肉コーナーにたどり着く。

いい匂《にお》いが漂っていた。

見ると試食コーナーで店員がカルビを焼いている。

「お嬢ちゃん可愛《かわい》いねえ。お一つどうだい？」店員はナナと目が合うと爪楊枝《つまようじ》に刺した肉を手渡す。

食べた。

「わあ美味《おい》しい！」

——そう。それを買うことが神の導き——。

「でも買いません！　すみません！」

ナナは買わなかった。導きの神に従うのがなんとなく癪《しゃく》だったのだ。

それから逃げるようにたどり着いたのは野菜コーナー。

「さすがにここなら大丈夫《だいじょうぶ》——」

「あっれー？　センパイじゃないですかぁ☆」

息をつこうとした瞬間だった。

後輩《こうはい》のメイが手をひらひらと振りながら現れた。偶然《ぐうぜん》買い物に来ていたのだろう。

——そう、これも私の導きの通り。

ついでに神がドヤ顔した気配もした。

「ごめんメイちゃん！　また今度！」

逃げた。

「えええええええええええっ⁉」

避《さ》けられてショックを受けるメイをその場に放置《ほうち》するナナ。なんとなく神がドヤ顔してくるのが癪だったのだ。

結局ナナはそれから空のカゴを手に持ったまま店内のあちこちを徘徊した。野菜コーナー、お菓子《かし》コーナー。あらゆる場所に進む度に神が耳元で『ほら私の言った通りじゃないですか』みたいな顔をしてくる気配があった。

大体そうして店内を一周した頃のことだった。

（いやしつこいよ‼）

ナナは普通にキレた。どこに行っても何をしてもドヤ顔を浮かべてくる導きの神は、目的地周辺で駐車場を探している時に延々《えんえん》とルート再検索をかけ続ける古いカーナビのように鬱陶《うっとう》しかった。

いい加減黙《だま》ってください。ナナは心の中で念じた。

――神を拒絶《きょぜつ》するというのですか？　この無礼者《ぶれいもの》ッ‼

ふぁあっ、とナナの耳元を風が素通りする。姿は見えないが多分パンチしている。

（もういいですっ！　私もう帰っちゃいますから！）

ぷんぷんと頬を膨《ふく》らませるナナ。怒ってます。

――そう、ですか。あくまで神の手を借りるつもりはない、と。そういうことですね。

（だって何買おうとしても色々言ってくるんですもん。もー私買う気失《う》せちゃいましたー！）

――どこまでも神と争うつもりですか……。

（ふーん！）

――よいでしょう。その道の先に苦難《くなん》があることも覚悟《かくご》の上で言っているのですよね？

（神様の言葉なんて聞こえませーん！）

よそを向くナナ。既《すで》にカゴは台に戻している。

買い物する気はないという意思表示。

――そうですか……。残念です。迷える者よ。では私は他の者に救いの手を差し伸《の》べることとしましょう……。

導きの神はそれ以上何も言ってくることはなかった。風は起こらず、気配もしない。言葉の通り、きっと他の迷える者のもとへと向かったのだろう。

（……私、間違ったこと言ってないもん）

頬を膨らませたまま、ナナは店を出てゆく。

北へ向かいなさい――最初に導きの神がそう示した道を、奇《く》しくもたどる結果となった。


結局、お買い物をすることはできなかった。

手ぶらのままナナは家路《いえじ》につく。戦利品《せんりひん》はゼロ。

両親に何と説明をすればいいのだろうか。考えながら、家の扉《とびら》をナナは開く。

「ただいまぁ」歩き回り無駄《むだ》に疲れたせいで、玄関先《げんかんさき》から投げかける声も少しくたびれていた。

「あらナナちゃん。お帰りなさい」

ぱたぱたとスリッパを鳴らしながら出迎《でむか》えてくれたのは母だった。

事情を話さなければ。

ナナは口を開く。

「あのね、お母さん。ちょっと悪いんだけど――」

「あっ、ナナちゃん。何も買ってこなかったのね？　よかったぁ」

言い訳を並べようとしたナナの言葉を遮《さえぎ》る母。

意外な反応だった。

よかった？

「あのね、パパが『今日は外食にしないか』って言うのよ。でもナナちゃんはお買い物に行っちゃってたでしょう？　だからどうしよっかって話してたところだったのよ～」

「ほえ」

「何も買ってこなかったならちょうどよかったわ。今から三人でご飯に行きましょ？」

うふふふ、母は嬉しそうに笑っていた。

三人でご飯に行くなんて久《ひさ》しぶりねぇ～、と言葉を添《そ》えながら、何を食べようか空想する。

「…………」

そんな母の様子を見つめながら、ナナはちくりと胸が痛んだ。

ひょっとしたら。

導きの神はこの結果が最初から分かっていたのだろうか。

店内で買い物をしないように妨害《ぼうがい》し、家に帰らせ、家族で外食をさせることが目的だったのだろうか――拒んでしまった今となっては確認のしようもない。

だが、もしも、今の状況こそ導きの神が狙《ねら》った結末だったのならば。

(さっきは……悪いことしちゃったかな……)

自らを幸せに導いてくれていた神をナナは否定したことになる。

(……ごめんなさい)

既にそばにいない神に対して、ナナは謝罪した。

――いや全然いいっすよ。

と思ったらすぐに返事が来た。

(え?)

――マジで私が言った通りになったじゃないっすか。

ひゅー、と口笛《くちぶえ》を吹《ふ》きながら導きの神は喜んだ。当人もちょっと予想外の展開だったからだ。

(いつから戻ってきてたんですか)

――いや黙ってただけでずっとそばにいましたけど。

(そうなんだ……)

ストーカーじゃん……。

――一応言っておきますけどストーカーじゃないですよ。

(ストーカーする人ってみんなそう言うんだよね……)

――マジでストーカーじゃないですってば。

(ストーカーする人ってみんなそう言うんだよね……)

――しかしこれで分かったでしょう。私の言うことを聞いていれば大体なんかうまくいくのです。

なぜなら私は導きの神……。

仰々《ぎょうぎょう》しいセリフを吐《は》く神だった。

(はいはい。そうですねっ)

ナナは呆《あき》れながらも笑って答える。

――それで、この後はどうするおつもりですか？　よければサービスでもう一回だけ導きの言葉を授けてあげることもできますけど。

(え、いいんですか？)

――最近ノルマが厳しいんで。

(ノルマ……)

――あとはお近づきのしるしとして。

(ほうほう)

つまり親愛《しんあい》の証《あか》しとして導いてあげたいということらしい。

悪い気分はしない。

(じゃ、お願いしますっ)

ナナは心の中でにこりと頷く。

——ほう。今回は素直《すなお》ですね。私の素晴《すば》らしさを実感しましたか。

（いえいえ）

素晴らしさを実感したというか。

そもそも。

「何か普通に外食詳しそうなんで」

第十五章 ＊ 初心者でも簡単！ 愛情のこもったチョコレート講座

家庭科室のキッチンで女子高生二人がお辞儀《じぎ》した。

「こんにちは！　ナナとメイのお料理教室へようこそ！」

「ちわ～☆　今日はシノさんがお休みなんで、あたしが代打《だいだ》やっちゃいまーす☆」

新キャラでーす☆　とカメラに向けてアピールするメイ。

お料理研究同好会《りょうりけんきゅうどうこうかい》の仲間となってから初の活躍だった。初の活躍というかそもそもお料理研究同好会は動画制作以外に活動らしい活動は特にしていない。

「メイちゃん、今日のお料理は何かな」

「は～い！　今日はボンボンショコラを作ろうと思いまーす♡」

「ぼんぼんしょこら」

「センパイはボンボンショコラって何かご存じですかー？」

「えっとぉ、お酒《さけ》が入った――」

「それはウイスキーボンボンですね」

「え、はい」

「ボンボンショコラの定義はひとくちサイズのチョコレートという意味でして、大元はボンボン菓子《がし》

チョコレート講座

からきています。ボンボン菓子はお砂糖《さとう》の殻《から》で包《つつ》んだお菓子のこと。ボンボンショコラはこの殻の部分がチョコレートになったもののことで、ウイスキーボンボンはそこからさらに中身がウイスキーになったもののことです。私たちが今回作るのはボンボンショコラなのでお酒は入ってないです」

「え、あ、はい」

「ちなみにボンボン菓子のボンボンというのはフランス語で『よい』を意味するボンを二つ重ねた言葉なんですって☆」

「詳しいんだねぇ」

「あはっ☆　とーぜんですよ！　あたし女子力高いんで」

「わあ、頼《たよ》りになるなぁ」

のほほんと手を合わせてナナは喜《よろこ》ぶ。

思えば今までお料理教室の動画制作では基本的にシノのお世話《せわ》をしながら料理をすることが主だった。何なら普通に料理をするよりもやることが多くて大変だった。

しかし今日は違う。

中学時代から女子力高めで男女問わずモテていたメイが隣《となり》にいる。

「あはっ☆　センパイったらチョコ作りできないんですかぁ？　ほんとざこすぎて笑えちゃうんですけど～♡　あたしたちくらいの年代の女子だったらこのくらい朝飯前《あさめしまえ》じゃないですかぁ？」

「そうだねぇ……」

人並みに調理ができるメイならば、安心して任せることができる――。

「センパイのざこざこ♡　お料理へたくそ♡」

「うんうん……」

ようやく苦労《くろう》が報《むく》われる――。

「ほんとざこざこ――センパイ何で泣いてるんですか？」

「嬉《うれ》しいなぁ……」

「センパイ⁉」

想定外《そうていがい》の反応だった。顔を赤くして怒ると思ってたんですけど？

「メイちゃんは今のままでいてね……？」

「今のままでいいんですか⁉」

「私、メイちゃんがうちに来てくれて嬉しいよ……」

「こんな場面で感謝されたくないんですけど⁉」

せめてボンボンショコラ食べたあとにそのセリフ聞きたかったんですけど。

意味不明な場面で感動しているナナの隣でメイは「なんかよく分かんないけどセンパイも色々苦労してるんだなぁ」と思った。苦労人のセンパイにきゅんとした。

「はーい！　それじゃあボンボンショコラの材料をご紹介しちゃいまーす☆　ちなみに今日のボンボンショコラの中身は生チョコの予定です！」

気を取り直して机《つくえ》に材料を並べるメイ。

今日作るのは一般的なボンボンショコラ。

一つひとつの材料を改めて確認しながらメイは指差してゆく。

「今日は本当にシンプルなやつにする予定なので、材料も市販のもので揃《そろ》えましたー☆　生クリームと市販のチョコ――」

「ちょっと待って、メイちゃん！」

「ほへ？」

急にストップがかかって驚《おどろ》くメイ。

隣を見れば鬼気《きき》迫る様子のナナがいた。

「……何かおかしなところありました？」

首を傾《かし》げるメイに、ナナは深刻《しんこく》な様子で尋《たず》ねる。

「……チョコは豆から調理しないの？」

「しませんけど!?」

「それってつまり……普通にチョコ作りする……ってことでいいんだよね……？」ごくりと息をのむナナ。

「シリアスな顔で何言ってんですかセンパイ」

「あ、ううん。ごめんね？　普通に作ってくれるならそれでいいの」

「あ、はあ……」

「今までだったらここで豆から調理する流れになってたから……」

「センパイこれまでどんな動画撮ってきたんですか……？」

よく分からない……。

メイは戸惑《とまど》いながらもチョコ作りの作業を進めた。

「えっと……じゃあとりあえずボウルを置くために布巾《ふきん》を取り出して――」

「待ってメイちゃん！」

「ほえ？」

「その布で手品《てじな》とか……しないでね⁉」

「しませんけど⁉」

「ええ～？　ほんとぉ？　実はタネとか仕掛けとか仕込んでない？」

疑心暗鬼《ぎしんあんき》。

ぴぴーっ、と笛を吹くレフェリーの如《ごと》くナナはメイの布巾と服にぺたぺた触れてチェックする。

ひょっとして何か隠し持ってるんじゃないですか？

「え、あっ、ちょっと、センパイ……っ」

憧《あこが》れの先輩《せんぱい》に体を触られることに対する悦《よろこ》びと恥《は》ずかしさが入り交じる。

「あれれ……？　うそでしょ……？　鳩《はと》とか隠し持ってないの……？」

「…………」

一方でナナが呟《つぶや》いている言葉の意味がまったく理解できずに得体の知れない恐怖も感じた。何で鳩持ってなきゃいけないんですか……？

「おかしい……普通はここで手品でも披露《ひろう》する流れなのに……」

「あたし普通の定義が分かんなくなっちゃった」

「メイちゃん……いったい何を企《たくら》んでるの……？」

「何であたしがおかしい前提なんですか……？」

「まさか……私でも予想がつかないサプライズを仕込んでるとでもいうの……!?」

「何でサプライズ仕込んでる前提なんですか!?」

「メイちゃん……やり手だね……!!」

「なんか期待込めた目で見るのやめてください!!」

あたし普通にチョコ作る予定なんですけど!?

頬《ほお》を膨《ふく》らませるメイ。

一方でナナは『はいはい。言いたいこと、分かってますよ』みたいな表情で頷《うなず》いた。

「――普通、ね」

「なんか含《ふく》み持たせた返事するのやめてくださいよ」

「大丈夫。私、メイちゃんがどんなボケをかましてきてもちゃんと突《つ》っ込《こ》むから！」

「目を輝《かがや》かせながら何言ってんですかセンパイ」

「さ、メイちゃん。遠慮《えんりょ》せずどんどん好きにやっていいよ！」

「普通にやらせてくださいよ!!」

「――普通、ね」

「あとそれやめてください!!」

何でも分かってますみたいなツラが普通にイラついた。

やいのやいのと言い合いながらそれからメイは作業を続ける。

「えー、じゃあチョコ作っていきますね？」

「うんうん」

「まずチョコを溶《と》かしていきまーす！　熱めのお湯にボウルを浸《ひた》すといいですよ～☆」

「なるほど」

「でも今日は溶かしている時間を待ってるのが面倒《めんどう》なので省略しちゃいますね」

「そして完成したチョコがこちらです」

「センパイ!?」

テーブルに置かれたのは予行演習でメイが作成しておいたチョコだった。我ながらよくできているボンボンショコラ。

とはいえ出すのは今じゃない。

間違えちゃったのかな？

「わー美味《おい》しい」

「何で今食べてるんですか!!」

「私もたまにはお料理教室の動画でふざけてみたくてね……」

「新入部員の前ではせめて普通にしててくださいよ……」

「おっと、メイちゃん。食べたチョコを元に戻してほしそうな顔をしているね」

「顔であたしの気持ち分かるんですね」

「私は先輩さんだからね、メイちゃんのことなら何でもお見通しだよ！」

「じゃああたしが今考えてることも当ててください」

「ふっふん。そんなのお茶の子さいさいだよ！　今メイちゃんは『せっかく作ったチョコなのに勿体《もったい》ない！』って思ってるでしょ！」

「ううん。いっぱいもぐもぐしてるセンパイ可愛《かわい》いなぁって思ってます♡」

「…………」

「…………」

ナナは静かにチョコを置いた。

「話変わるけどチョコ戻してほしい？」

「話逸《そ》らした」

「ふっふっふ。実はね、メイちゃん。私が持ってる布巾を使えば完成したチョコもすぐに元通りになるんだよ」

「言っときますけど元に戻すとか言ってカカオ豆にするのはダメですからね」

「…………」

「…………」

ナナは静かに布巾をぺいっと投げ捨てた。

「食べたチョコが元に戻るわけないじゃん」

「マジでやるつもりだったんだ……」

「もう！　何なのメイちゃん！　せっかく私がボケようとしてるのに！」

「あ、怒っちゃった」

「もーやだー！　何で私の時はこんなに上手《うま》くいかないのー⁉」

ぷんぷんと頬を膨らませるナナ。その場に転がり両手足をばたつかせそうな雰囲気《ふんいき》すらあった。

「私だってボケてみたいのー‼」

そしてそんな先輩の情けない姿にメイの心はときめいた。

「駄々《だだ》こねてるセンパイも可愛い……♡」

ナナのしたことだったら何でも許容《きょよう》できる懐《ふところ》の深さがメイにはあった。こいつ将来ヒモとか養いそうだなぁと思いながらユカはカメラを回し続ける。

職務放棄《しょくむほうき》するナナを尻目《しりめ》にメイの作業は続いた。

「えー、じゃあ省略するつもりだったんですけどセンパイがごねちゃったのでそのまま続行しまーす☆」

男女問わずモテるメイは中学時代から数多くのチョコを作ってきた。

今更シンプルなトリュフチョコ作りくらいでつまずくことはなかった。拗《す》ねるナナの隣でパパッと作業を進めるるメイ。「センパ～イ♡」「もう少しで完成でちゅからね～♡」などと声をかける姿はさながらママのようだった。そんな姿にユカは「こいつ将来ダメ人間を量産しそうだなぁ」と思った。

そうこうしているうちにボンボンショコラが完成した。

「ほうらセンパイ。新しいチョコですよぉ♡」

「あ、うん。さっき食べたからもういっかな」

「…………」

「…………」

余ったチョコはユカが全部食べた。


後日、ユカが編集したのちアップロードされた動画、『初心者でも簡単！　愛情のこもったチョコレートの作り方講座』はお料理研究同好会のチャンネル内でもトップを争う視聴回数を誇《ほこ》った。

新キャラの投入が効いたらしい。

『メイちゃん可愛い！』『新キャラだ！』『可愛い！　可愛い！』

コメント欄《らん》は可愛いメイの容姿《ようし》を褒《ほ》め称《たた》えるものが大半だった。

「あはっ☆　男の視聴者ってみんなチョロすぎ～♡」

そんなコメント欄にメイはまあまあ調子に乗った。

「むー……」

そしてその隣でナナは頬を膨らませ、

「あっ、センパイが拗ねちゃった……可愛い……♡」

結果メイはさらに調子づいた。

第十六章 ＊ ナナとシノ

放課後《ほうかご》の家庭科室に二人の女子高生が集まっていた。

「ねえねえシノちゃん！　今から高速回転するプロペラの真似《まね》するから見てて！」

「ええ」

「プルァアアアアアアアアアアアアアアアアアアアアアアアアアアアアッ!!!（高音）」

「すごい」

いつものようにシノとじゃれ合うナナ。

テーブルの上には申し訳程度のノートや教科書。それから手作りのお菓子《かし》とジュース。放課後いつも見かける光景だった。

いつもと違うのは人数だけ。

メイはバドミントン部の方に顔を出しており、ユカも用事で不在。家庭科室はいつもよりも少しだけ広く感じた。

「そういえば二人っきりで過《す》ごすのも久々《ひさびさ》だねぇ」

「熟年夫婦《じゅくねんふうふ》みたいなことを言うのね」

「飯《めし》はまだかのう」

「寄せなくていいわよ」

本を読みつつ適度《てきど》に流す。

言われてみれば高校に上がってからはユカとの三人で過ごすことが増えたし、中学時代はメイがいた。

二人だけでぼんやりと時間を過ごしていたのはいつ頃のことだっただろう。別に深く考えるようなことでもないのにシノは記憶の海へと潜《もぐ》り込む。

ナナはそんな彼女の目の前で紙飛行機を折っていた。暇《ひま》だった。要《よう》するに特に何も考えていなかった。

結果そのまま投げた。

「あ」

刺《さ》さった。

シノの頭頂部に。

「……よく二人で過ごしたのは小学生の頃だったわね」

懐《なつ》かしそうに瞳《ひとみ》を閉じているシノ。

「そ、そそそうだね！」

「高校入学当初も二人きりといえば二人きりだったけれど、すぐにナナがユカの手を引いてここまできたし」

「……！」

ナナはシノの頭に手を伸《の》ばしていた。

「小学生の頃は色々あったわね。覚《おぼ》えてる？　二人が初めて会ったときのこと」

いつもより割り増しで饒舌《じょうぜつ》に語っている。何かよく分からないスイッチが入ったのか、シノはノスタルジーに浸《ひた》っているようだった。

ナナは好機《こうき》と察《さっ》して紙飛行機奪取《だっしゅ》のために椅子《いす》から少し腰《こし》を浮かせて前屈《まえかが》みになった。

余談《よだん》だがナナの胸《むね》は一般的な女子よりもそれなりに大きかった。

「あ」

引っかかった。

ジュースがこぼれた。

「急にごめんなさい。考えてみたら色々と思い出して」

「ぜ、全然大丈夫《だいじょうぶ》！　もっといっぱい話していいよ！」

急いで布巾《ふきん》で拭《ふ》くナナ。

どばどばとこぼれたジュースはそのままシノの教科書まで遠慮《えんりょ》なく侵出《しんしゅつ》していった。

「優《やさ》しいのね」

――ジュースこぼしたけどね！

教科書を拭《ぬぐ》うナナ。

「昔からナナは変わらないわね」

「あ」

――教科書破いちゃった。

「本当に懐かしいわ」

「そ、そそそそうだね!!」

机を拭きつつ自身の教科書とシノの教科書のすり替えを試みながら、ついでに頭に刺さった紙飛行機の奪取を図《はか》るナナ。

(そう、あれはまだ私が小さかった頃――)

出会う前のことを振り返るシノ。

(お願い！　そのまましばらく回想《かいそう》に入ってえええええええええええええええ!!)

そんな彼女の目の前でナナは自身のやらかしを清算《せいさん》していた。焦《あせ》っていた。ジュースを吸《す》い尽《つ》くした布巾片手に慌《あわ》ただしく家庭科室内をうろついた。

「あ」

転んだ。

結果シノが普段使っているエプロンにジュースまみれの布巾を叩《たた》きつけた。

(いやあああああああああああああああ!!)

(小さい頃から私はいつも退屈《たいくつ》していた――)

(結構長めの回想に入ってええええええええええええええええ!!!)

シノは結構長めの回想に入った。

▽

小さい頃から私はいつも退屈していた。

他人にできないことが私には簡単《かんたん》にできてしまう。難《むずか》しいと思われていることも容易《ようい》に理解できてしまう。

周囲との差を感じ始めたのは幼稚園《ようちえん》の頃からだった。

「今日はみんなでお絵描きをしましょ～」

先生の一言に同じクラスの子供たちが「はーい」と手をあげる。その日は好きなものを描くというテーマでクレヨンを握《にぎ》らされた。

子供たちはお花や親、車に電車など思いつく限りの〝好きなもの〟を書いていた。

「シノちゃん、この絵は何かなー？」

私は違《ちが》う。

「ゲルニカ」

「そうなんだぁ、ゲル……え？　ゲルニカって何？」

画用紙に描いたのはピカソの壁画《へきが》だった。画用紙に壁画を模写《もしゃ》する。普通に絵を描くより面白《おもしろ》いと思ったのだけれど、幼稚園の先生は微妙《びみょう》な反応をしていた。仕方なく私はゲルニカが何なのかを懇切丁寧《こんせつていねい》に説明した。説明している途中《とちゅう》で先生の目から光がなくなった。

「せんせー。夕焼《ゆうや》けって何で赤いのー？」

ある日、同じクラスの女の子が先生にそんな質問をしていた。

「何でだろうねー？　お空が照《て》れているのかなー？」

先生の反応はこうだった。正解《せいかい》は違う。

「光が大気《たいき》の層《そう》を通る長さが関係している。そもそも光は虹《にじ》で知られているように赤《あか》から紫《むらさき》までの七色に分けることができる。赤色の光はその中でも最も波長《はちょう》が長く、大気の層にぶつかっても散《ち》りにくい。だから日が傾《かたむ》いている時も赤色に近い色だけが残って夕焼けが赤く見える」

こんなことを言っていたら同い年の子は誰も私に近付かなくなった。

一人の時間を手に入れた私は誰よりも多く本を読んだ。自由を謳歌《おうか》したともいえる。

理解できないことは怖《こわ》い。分からないモノと距離を置こうとするのは生物として当然の拒絶反応《きょぜつはんのう》だと思った。だから私が一人になるのは不自然なことではなかった。

かといって私から近づいていくこともなかった。

「…………」

遊びの時間。

顔をあげれば思い思いの方法で遊ぶ園児《えんじ》たちの姿が見える。お部屋の隅《すみ》では女の子たちがおままごと。園庭では男の子たちがボールを蹴《け》って遊んでいる。

「シノちゃんもお友達と遊ばないの？」

結局最後まで私に関わろうとしたのは担当の先生一人だった。

私は首を振って本を掲《かか》げた。別にいい。

何度かおままごとをしたことはある。女の子たちの暮《く》らしぶりが透《す》けて見えるだけで特に生産性もなく学べることもなかったからすぐに興味《きょうみ》は薄《うす》れていった。

お人形遊びに付き合ったこともある。着地点のない演技《えんぎ》に延々《えんえん》と付き合わされることが苦痛ですぐにやめてしまった。

男の子に交ざってサッカーをしたこともある。誰も私からボールを奪《うば》えなくてすぐにつまらなくなった。

鬼《おに》ごっこやかくれんぼにも何度か加わったことがある。けれどいつも勝負にならなかったから、すぐにつまらなくなってやめてしまった。

お部屋の隅で本を読むようになったのは、目に映るすべてのものが退屈《たいくつ》で色褪《いろあ》せて見えたからだ。

「別にいい」

だから私は一人を選んだ。

そうして時間は過ぎてゆく。

幼稚園を卒園《そつえん》する間際《まぎわ》になって両親の転勤《てんきん》が決まった。行き先は織上町《おりがみちょう》。クラスの友達は仲間が一人いなくなることを悲しんでいた。私は別に悲しくなかった。

そうしていつも通りに過ごし、そしてあっさり私だけ幼稚園から立ち去った。

「大丈夫だよ。シノちゃんのこと、先生は分かってるからね」

最終日、バスに乗り込む私の背中《せなか》を担当の先生が優しく支えてくれていた。

「ありがとうございます」

手を振る先生と私の間を、バスの扉《とびら》が遮《さえぎ》った。

人生は長い。

幼少期の出来事なんて大人になればすぐに忘れるだろうと思っていた。


そして織上町に引っ越した直後のこと。

「パパの知り合いの娘さん、シノちゃんと同い年なんだって」

せっかくだから会ってみない？　母は私に提案する。曰《いわ》く父の知り合いが近所に住んでおり、越《こ》してきたばかりの私たちをパーティーに招待《しょうたい》してくれているらしい。

両親に手を引かれながら私はその知り合いの家の門を潜《くぐ》った。表札《ひょうさつ》には森永《もりなが》と書いてあった。

娘の名前は奈々《なな》と言うらしい。

「シノちゃんって言うんだね！　よろしくねー！」

へへへとだらしなく笑う活発《かっぱつ》そうな女の子。ナナの第一印象に特別なものは何もなかった。

パーティーで両親同士が酒《さけ》を交えて喋《しゃべ》っている間、私とナナは二人きりになった。きっと子供同士で遊んでいなさいとでも言いたかったのだろうけれど、どんな遊びでもつまらないことは分かっていたから私は本を読むことにした。

ナナも一緒に遊ぼうとは言わずにクレヨンと紙を手に取り、絵を描き始めていた。無理に遊びに誘わないぶん気が合う子かもしれないと感じていた。

「ねーねー、シノちゃん、これ何だと思う？」

ほどなくしてナナは出来上がった絵を私に見せてきた。

見たままの印象を私は答えた。

「海辺に捨《す》てられたゴミ」

「ぶぶー！　違いまーす！」

「そう」

で正解は？

「えへへ、正解はねー、シノちゃん！」

「は？？？？？？？？？？？？？？？？？？？？」

衝撃《しょうげき》だった。

明らかに下手《へた》くそな絵を「私って絵が上手《うま》いでしょ」みたいな顔で私に見せてきたことも、しかも絵のテーマが私だったことも、何もかも衝撃だった。衝撃というか普通に意味が分からなかった。

ナナの意味の分からなさはそれだけに留《とど》まらなかった。

暇だから外で遊ぼうと手を引かれて、ナナと私は近所の公園へと足を踏み入れた。

「おいしー」

ナナはその辺に生《は》えている葉っぱを食っていた。

「あの、それ、雑草《ざっそう》だし食用で植えられたものじゃないから食べない方が……」

「そうなんだ！」

まだ食ってる。

「それに公園に生えてるものだから誰が何をしたか分からないと思うのだけれど」

「でも美味《おい》しいよ？」

まだ食ってる。

「何この子……」

私は少し戸惑《とまど》っていた。会ったことのないタイプの女の子だった。私が通っていた幼稚園にいた子たちは上品《じょうひん》で利口《りこう》な子ばかりだったらしい。

「シノちゃん、おままごとしよっか！」

「嫌《いや》な予感がする」

既《すで》に青ざめている私の前でナナはおままごとを始めた。

「じゃあシノちゃんは夫役《おっとやく》をやってね！　私はお母さん！」

「いやあの」

「ダメだよ。シノちゃんは今から夫。男なんだからね」

「理不尽《りふじん》」

「男は口答えしないの！」

「価値観が昭和《しょうわ》」

逃げ場がなかったので私はナナに付き合った。ナナの脳内《のうない》では砂場《すなば》が彼女の家になっていたらしい。机《つくえ》に見立てた砂の前でナナが正座《せいざ》していた。

「おかえりなさいあなた！　お風呂《ふろ》にする？　ご飯《はん》にする？　それともあ・た・し？」

「設定が昭和」

使い古された設定に私は閉口《へいこう》した。とりあえずご飯で、と答えると、ナナは泥団子《どろだんご》を机に置いた。

「はいどうぞ！　丹精込《たんせいこ》めて作ったステーキだよ！」

「見えない見えない」

「美味しい!!!」

ナナは泥団子を食っていた。

「うわあ」

「さ、シノちゃんも食べて？　美味しがはあああっ!!!」

泥団子をかき込んだナナはそのまま吐《は》いて倒《たお》れた。

「こんな野蛮《やばん》なおままごと知らない……」

初めて会った日はそんなふうに意味の分からない遊びにひたすら付き合わされた。おそらくナナにとってはいつもの遊びに私を付け加えただけだったのだろうけれども、当時の私にとってはナナという存在の異質《いしつ》さが浮《う》き彫《ぼ》りになるだけの一日になった。

「シノちゃん！　頭から滑《すべ》り台《だい》を滑り落ちてみたら面白いと思わない？　ちょっとやってみるね！」

（この子……一体何なの……？）

「あああああああああああああああああああ!!!」

（考えが全然分からない――）

同じ年代の子供の思考回路《しこうかいろ》なんて当時の私にとっては読み終えた本のようなもの。そこにどのようなものが綴《つづ》られているのかなど手に取るように分かっていた。

新鮮味《しんせんみ》もなく、学べるものも既にない。だから退屈《たいくつ》していた。

なのに彼女は、分からない。

そして分からないいは、面白い。

だから私はいつの間にか、小学校に上がってからも彼女と行動を共にするようになっていた。

例えば登校中も。

「シノちゃん！　見て見て！　からあげにレモン勝手にかけられたときのうちのパパの顔真似」

「すごい」

「でしょー⁉」

例えば休み時間も。

「シノちゃん……シノちゃん……。見て見て！　うちのパパがからあげにレモンかけられるのが嫌《きら》いなの知ってるのにわざとレモンかけたときのママの勝ち誇《ほこ》った顔の真似」

「すごい」

「でしょー⁉」

そして例えば、帰ってからも。

「シノちゃん！　今日は何して遊ぶ？」

「別に何でも」

「じゃあうちでゲームしよっか！」

いつでも彼女はそばにいた。

「今日は負けないからね！」

けれど遊びでもゲームでも勉強でも、いつだって勝つのは私だった。同世代との勝負で私が負けたことなどない。

負けると分かっているのに退屈じゃないのかしら。

何度もそう思って彼女の顔を窺《うかが》った。

「さすがシノちゃん強いねー！　次は負けないから！」

隣《となり》にいるのはいつでも楽しそうに笑う彼女だった。


小学校低学年から成長するにつれて、私たちは他の児童《じどう》たちと同じように少しずつ机に向き合う時間が増えていった。

「ねえねえ、シノちゃん！　勉強教えて！」

「別にいいけど」

私は勉強を教えてあげた。

「いやぁシノちゃんのおかげですごくいい点取れたよ！」

「何点だったの」

「25点！」

「そう……ん？」

いい点とは？

「シノちゃんが0点を25倍にしたんだよ。さすがだね」

「0は何倍にしても0のままなんだけど」

「あははは！　シノちゃんって何でも知ってるね！　さっすがぁ！」

「………」

彼女は私に色々なことを聞いてきた。

「夕焼けの空ってどうして赤いの？」

私は幼少期を思い出しながら光の屈折率《くっせつりつ》を絡《から》めて夕日が赤く見えるメカニズムを説明した。

「すごーい！」

彼女は喜んでいた。

きっと私が何でも知っていると思ったのだろう。分からないことはとりあえず私に聞くようになっていた。

「どうして夏は暑くて冬は寒いの？」

私は地軸《ちじく》の傾きと公転周期《こうてんしゅうき》について教えてあげた。

「どうして性別があるの？」

私はX染色体《せんしょくたい》とY染色体について教えてあげた。

「どうして人は死んじゃうの？」

私はテロメアの分裂《ぶんれつ》とヘイフリック限界について教えてあげた。

何かを尋《たず》ねられれば私は必ず「知ってる」と頷《うなず》き、彼女に私の中にある知識を交えて答えを教えてあげていた。

「シノちゃんは何でも知ってるね」

いつでも彼女は笑っていたけれど、その度に私は一つ疑問を抱《いだ》いていた。

「ちゃんと理解できてるの？」

幼少の頃、私がクラスメイトの疑問に答える度に周りから人が減っていたことを、結局私は当時もまだ忘れてはいなかった。

すると彼女は当然のように答えた。

「別に理解できてなくても楽しいよ？」

「……そう」

それもまた私にとっては予想外《よそうがい》の答えだった。


私たちはいつでも一緒にいた。

中学に上がってからも互いがそばにいることは変わらない。私は相変《あいか》わらず他人には興味がなかったし、ナナだって意味不明な言動《げんどう》ばかり。

けれど変わらない私たちの代わりに、周りの環境は大きく形を変えていった。

「あははは！」「森永さんって本当に変な人！」

休み時間。

本を読んでいる私の向こう側で楽しそうな笑い声を交わしているのは、同級生女子の数名。

「ええー？　そうかなぁ。普通《ふつう》だよ」

輪の中にいるのはナナ。

中学に上がってから、彼女は他の生徒たちから注目を集めるようになっていった。女子たちは意味不明な言動ばかりのナナに親しみをもって接《せっ》するようになったし、

「森永っていいよな……」「分かる。馬鹿《ばか》だけど」「馬鹿じゃなければ尚《なお》よかった」

男子は遠《とお》巻《ま》きに彼女の容姿《ようし》を褒《ほ》めるようになった。

誰とでも仲良くなれるナナだから、思春期に差し掛かった中学時代には当然のようにクラスの中心人物的な扱《あつか》いを受けるようになっていた。

それは至極当然のことにも思えた。

誰からも愛《あい》される資質《ししつ》を持った彼女を私一人が独占していた小学生時代こそおかしかったのだろう。

それから学校にいる間はいつだって彼女は人々の中心にいるようになった。

休み時間も、授業中も。

「森永さん」「ナナちゃん」「森永」

同級生に、先輩《せんぱい》に、先生に。

彼女はいつでも名前を呼ばれていた。

「…………」

私はそんな彼女を教室の端《はし》で眺《なが》めるようになっていた。

ナナと違って私は他人に興味がなくて、同級生と親睦《しんぼく》を深めるようなこともほとんどなかった。

授業中も、休み時間も、私がやることは読書くらい。

「今日も学校楽しかったねぇ」

「……そうね」

二人きりで過ごす時間は、登下校だけになっていた。

別に私たちの時間が減ったことに対して不満はない。ただナナの人柄《ひとがら》のよさが周りの人たちにも理解されるようになっただけのこと。

友人として素直《すなお》に喜ばしいことだった。

「――森永ってさ、浅海《あさみ》と何で仲良いの？」

唯一《ゆいいつ》、不都合《ふつごう》があったとするならば。

ナナの魅力《みりょく》が理解されたことで、いつも一緒にいる私の存在が浮き彫りになったことだった。

ある日の放課後のこと。

黄金色《こがねいろ》の陽射《ひざ》しが差し込む教室で、男子生徒の数人がからかうようにナナに尋ねていた。

「浅海ってお前と全然タイプ違うじゃん。喋らないし、何考えてるか分かんねえし」誰かが言った。

「そうそう。この前なんて解剖《かいぼう》の本読んでたぜ？　あいつと普段何話すの？」誰かが笑った。

「なんか弱みでも握られてんの？」誰かが囁《ささや》いた。

冗談《じょうだん》半分の軽い口調で尋ねる彼らはくすくすと笑い合っていた。例えば近所の壁《かべ》に落書きをするように、友人同士で規律《きりつ》に反するスリルを楽しんでいるように見えた。

「…………」

一つ彼らに誤算《ごさん》があったとするならば、丁度《ちょうど》そのとき私は図書室から帰ってきたところであり、開きかけた扉の向こうでその現場を普通に眺めていたことだった。

「あいつちょっとキモくね？」

翌日《よくじつ》に謎《なぞ》の奇病《きびょう》により学校を早退《そうたい》する羽目《はめ》になる男子生徒が笑った。彼の発言に対して、同じく翌日に謎の奇病にかかる予定の仲間たちが「言い過ぎだろ！」と笑う。

不思議なことに彼らの言葉の数々に苛立《いらだ》ちや怒りを覚えることはなかった。

ナナと違い私は暗くて何を考えているのかも分からず、他人には何の興味もない。

彼女は私に予想外をくれるのに、私が彼女に返すことができるのは、別に生きるために必要な知識でもなければ、楽しい時間でもない。

与えられてばかりの浅海紫乃《しの》。

怒《いか》りを抱くことすらなかったのは、彼ら以上に私自身がそのように感じていたからなのかもしれない。

——ひょっとしたら、一緒にいるのも潮時《しおどき》なのかもしれない。

扉に手をかけたまま、私はその場で立ち尽くす。

「何それ」

男子生徒の笑い声をナナの声が遮ったのはその時だった。

顔は見えない。

けれど、初めて聞くような声色《こわいろ》だった。

「――言ってる意味がよく分かんないんだけど」

本気で戸惑っているような、少し怒っているような、そんな雰囲気《ふんいき》を醸《かも》し出しながら、彼女は同級生の男子たちに尋ねていた。

「理由がなきゃ一緒にいちゃいけないの？」

意味分かんない。

彼女ははっきりとした口調で、それから言った。

「私はシノちゃんのこと、分かってるから」

懐かしい言葉だった。

幼少の頃、別れの間際《まぎわ》、同じような言葉を投げかけられたことがある。

――大丈夫だよ。シノちゃんのこと、先生は分かってるからね。

最後まで変な私に構ってくれていた先生も、ひょっとしたら同じような気持ちを抱いてくれていたのだろうか。

「…………」

人生は長い。学生時代は短い。

視界を遮っている扉を、私は開く。

何食わぬ顔で教室へと戻った私を、ナナはいつもの笑顔で迎えてくれた。

「――それでね、それでね」

いつだってナナが一方的に話す帰路《きろ》。

今日の話題は男子生徒たちに無礼《ぶれい》な言葉をかけられて怒ったことから始まり、「男子ってほんとデリカシーないよね！」と頰《ほお》を膨《ふく》らませるに至《いた》り。

「シノちゃん、明日以降、あいつらから嫌《いや》がらせ受けたりしたら言ってね？　私がこてんぱんにしちゃうんだから」

と腕《うで》をまくったりもしていた。

首を振る。

「大丈夫よ。彼らは明日、謎の奇病にかかる予定だから」

「そうなんだ！　……謎の奇病って何？」

「ふふふ……」

「なんかよく分かんないけど怖……」

他愛《たわい》もない雑談が私たちの間にはある。それからナナは他愛もない近況報告を並べる。最近はＡＩこけし同好会なる部活を立ち上げようとしているらしい。

「ＡＩこけしって何」と尋ねると彼女は「ええっ⁉　シノちゃんでも知らないことがあるなん

て……！」と驚《おどろ》いていた。

たぶんあなた以外の全人類が理解できない単語だわ。

「私ＡＩこけしで全国大会狙《ねら》うんだ……」

「そう……」

全国大会あるような活動なの……？

益々《ますます》分からないんだけど、と首を傾《かし》げる私。

そうやって私たちは他愛もない言葉を交わしながら、いつものような日々の中に帰ってゆく。

「大好きだよ、シノちゃん」

独《ひと》り言《ごと》のように、隣でナナが呟《つぶや》いた。

私はいつものように頷いて答える。

「知ってる」

▽

がちゃん――お料理研究同好会《りょうりけんきゅうどうこうかい》の活動を終えたナナは家庭科室の施錠《せじょう》をしながら汗を拭う。

(あ、危ないところだった……！)

一仕事終えたみたいな表情をしていた。

「ぶ、無事に今日の活動も終わったね！」

「そうね」

こくりと頷く。

シノが長めの回想に浸っていたおかげで、事後処理はすべてうまくいった。

頭に刺さった紙飛行機は抜いたし、濡《ぬ》れた机も拭いた。シノのエプロンについた汚れは落としたし、ナナとシノの教科書はすり替えた。完璧すぎる。すり替えた結果ナナの教科書がお亡《な》くなりになったが、成果のためなら多少の犠牲は致《いた》し方《かた》ないだろう。

(ま、終わりよければすべてよし、だよね!!)

ただ一つ無念《むねん》があるとするなら、シノの話を聞く余裕がほとんどなかったことだろう。事後処理に追われていたせいで、シノが淡々《たんたん》と語り続けていた思い出話を耳に入れる余裕がほとんどなかった。

(シノちゃんから長話するなんて珍《めずら》しいことだし、ちょっと残念かも)

軽く肩《かた》を落としながら、ナナはシノの方を振り返る。

改めて聞いてみようか。

「そういえばシノちゃん――」

「何?」

こくりと首を傾げるシノ。

そこにいたのはいつも通りのシノだった。無表情で、何を考えているのか分からない、天才肌《てんさいはだ》の女子高生。

「…………」

その日はいつもより僅《わず》かに柔《やわ》らかくて、その顔はいつもよりも少しだけゆるんでいる。

二人きりの時にだけ、ごく稀《まれ》に見せる穏《おだ》やかな表情。中学の時、男子生徒たちに対してナナが怒った直後に見せた表情。

その顔一つで何を語っていたのかナナは気づいた。

「ううん、何でもない」

だから尋ねかけた言葉をのみ込み、ナナは首を振る。

聞くまでもない。

「帰ろっか」

「ええ」

そして二人は並んで歩き出す。

廊下《ろうか》の窓からは黄金色の陽射しが差し込んでいた。


「――それでね、それでね」

二人並んで街を歩く。

ひたすら他愛もない話を繰り返すナナと、「そう」と端的《たんてき》に頷くシノ。

いつでも変わらずそばにいる親友に、好きなことを好きなだけ話す。小さい頃から二人のやりとりは変わらない。

「ねえねえ、シノちゃん。例えば……例えばなんだけどさ、私がシノちゃんの大事なものを汚《よご》しちゃったりしたら……どうする？」

今日の話題はもしもの話。仮に明日世界が滅《ほろ》ぶなら？　だとか、仮に一日だけ透明人間になれるなら何をする？　みたいなスケール感で、ナナは今日実際に起こった出来事に絡《から》めた質問をしていた。

事前にこうして軽く話題にしておくことで、後でナナのやらかしが明らかになった際のダメージを軽減させる姑息《こそく》な手だった。

『別に汚したくらいじゃ怒らないわ』とか言ってくれるといいなぁと妄想《もうそう》するナナ。

対してシノは、首を傾げて答えていた。

「大事なものって具体的に何？」

「えっとぉ……エプロンとか、教科書とか……？」

「要するに学校生活に必要なものをナナが汚したらどうする、という質問ね？」

「うんうん。どうする？」

「火炙《ひあぶ》りにする」

「そうなんだ」

血も涙もないや……。

バレたら終わりだなぁと思いながら遠い目をするナナ。

それからも二人は他愛もない話に花を咲かせた。今日あったこと。明日やりたいこと。これからのお料理研究同好会のこと。

話したいことは山のようにあった。歩みは次第《しだい》に遅《おそ》くなり、空は徐々《じょじょ》に暗くなる。それでもナナは話し続ける。シノはそのそばでくだらない話に耳を傾け続けてくれている。

こんな時間がいつまでも続けばいいのにと、ナナはふと思う。

「…………」

家庭科室で過去を振り返っていたシノと同じように、過去を顧《かえり》みる。

よく二人きりで歩いていたときに語りかけていた言葉が一つあった。

それは偽《いつわ》らざる本音であり、思い返してみればここ最近は伝えた記憶もなかった。

だから久々に、ナナは呟いた。

「大好きだよ、シノちゃん」

そうやって言えば、いつもシノは答えてくれる。

当然のように、頷きながら。

微笑《ほほえ》みながら。

答えてくれる。

たった一言。

「知ってる」

「そういえばナナ」

「どしたの？」

「破いた教科書、あとで買い直した方がいいわよ」

「気づいてたの⁉」

「当然でしょ」

シノはくすりと笑った。

——私は何でも知っているんだから。

あとがき

最近は疲《つか》れた身体《からだ》を温泉《おんせん》でゆっくり休めるのがマイブーム。

その日も僕《ぼく》は一人で箱根《はこね》の露天風呂《ろてんぶろ》でゆっくりと肩《かた》まで浸《つ》かってのんびりしていた。眩《まぶ》しい夕日《ゆうひ》を眺《なが》めながら一息つくと力が湧《わ》いてくる。今日までおつかれ。明日からまた頑張《がんば》ろう。自身に言い聞かせながら自然の中で身も心も癒《いや》されたのちに、僕は都内《とない》へと車を走らせた。

その翌日《よくじつ》のことである。

「いっっっっっっっっっっっっっった!!」

激《はげ》しい腰痛《ようつう》、肩《かた》こり、背中《せなか》の痛み。身体のいたるところに痛みが走り、ＰＣに向かうことすらままならなくなっていた。一体なぜ？　温泉に入ってきたばかりなのに！

温泉に行った結果かえって身体が痛くなるという意味不明な現象《げんしょう》に苛《さいな》まれた僕はネットで検索をかけた。『体が疲れたときは温泉に入ってスッキリしましょう！』などとのたまうクソサイトに辿《たど》り着いてスマホを投げたりしながら調べを進めた結果、マッサージや整体《せいたい》をしてみるといいらしいという結論に辿り着いた。

――整体かぁ。

う――んと唸《うな》る僕の姿がそこにはあった。身体を動かすような職業ではないし、今までこのかた肩こりなんてなったことがほとんどない。僕はべつに体の調子などおかしくはないと思っていたのだ。とはいえネットが『整体行けやオラ』と言っているし、どのみちこのままでは仕事などままならないため、僕はひとまず近場の整体に予約をとった。

行った。

「うわぁ……これヤバいっすねぇ……」

普通に引かれた。

じゃあまずは身体をちょっとみてみますねー、と触られた直後から整体師さんの表情が「マジかこいつ」と言いたげな雰囲気《ふんいき》を纏《まと》って強張《こわば》ったのを僕は感じ取っていた。

「ええ……？　あの、この状態で痛くないんですか……？」戸惑《とまど》ってすらいた。

「いや今はめちゃくちゃ痛いです……」

「いつ頃から痛くなりましたか？」

「温泉行った翌日からですかね」

僕が答えるのと同時に整体師さんが「は？」みたいな顔を浮かべていた。意味わからないよね。でも僕はその百倍意味がわからない。

ぺたぺた触っては驚《おどろ》く整体師さん。まるで鍛冶屋《かじや》に武器《ぶき》を出しに行ったら「き、貴公《きこう》……、この状態の武器で今まで戦っていたのか……!?」と驚かれるなろう系イベントみたいな出来事《できごと》を一通りこなしたのちに、

「多分今まで感覚が麻痺《まひ》してただけで、身体はめちゃくちゃなことになってますよ……」

との診断《しんだん》が下った。自分が死んでいるのにも気づかず街をうろついている地縛霊《じばくれい》みたいな状態である。生き返るためには歪《ゆが》んだ身体を正さねばならない。僕はさっそくその日から整体師さんのお世話になった。

肩、腰、首、足に至るまで揉《も》み込んでもらい、硬《かた》く凝《こ》りまくった身体をほぐしてもらう。

こうして身体に溜《た》まった毒《どく》を抜き取ってほわほわな状態で書いたのが本作、『ナナがやらかす五秒前《ごびょうまえ》』であり、全体的にゆるいノリなのはきっと僕の身体が肩こりと腰痛と永遠の別れを告げたからかもしれません。

それはさておき今回も本作を読んでいただきありがとうございます！　新キャラのメイが出たおかげか一巻の時よりも割増《わりまし》でふざけて書いていた気がします。メイのようなキャラはファンタジー作品で一期一会《いちごいちえ》が多い『魔女《まじょ》の旅々《たびたび》』や『祈《いの》りの国《くに》のリリエール』では絶対《ぜったい》に出せないと思っていたので、一巻刊行当初《かんこうとうしょ》から絶対に出したいと思っていました。生意気《なまいき》で自分が美少女だと自覚《じかく》したうえで媚《こ》びてる女の子っていいよね。

本作は現代テーマの物語といえど割と何でもありなので、書きながらいつも楽しんでいます。願わくば読者の皆さんも楽しんでもらえたら何よりです！

二巻が出たので三巻も出したいですね！　あとコミカライズとかドラマＣＤとかも！　オファー待ってます！　毒は抜けても欲は抜けないラノベ作家。

いつもは暗い話や死人が出る話なども書いていますが、本作は最初から最後までＩＱ３くらいで楽しんでもらえたら幸《さいわ》いです。

それでは謝辞《しゃじ》を。

92Mさん。

今回も素敵《すてき》なイラストありがとうございます！　新キャラのメイのイメージがぴったり過ぎてラフをいただいた時からずっと拝《おが》んでいます。神……。

ミウラーさん。

いつもありがとうございます！　本作の打ち合わせをやるときいつも漫才師《まんざいし》のネタ合わせみたいな状態になってるのがおかしくて白石《しらいし》はいつも笑ってます。

関係者各位。

本作の刊行にあたり、ご協力いただき本当にありがとうございます！　また次回があることを期待しつつ……今後も何卒《なにとぞ》よろしくお願いします……！

読者の皆さん。

改《あらた》めてご購入いただきありがとうございます！　これから末長《すえなが》くお付き合いいただけるようになれたら僕はとても嬉《うれ》しいです！　次巻がもしあれば、そのときまたお会いしましょう！

それでは！

GAノベル

ナナがやらかす五秒前《ごびょうまえ》2

2023年7月31日　初版第一刷発行

著者　白石定規

発行人　小川 淳

発行所　SBクリエイティブ株式会社
〒106-0032　東京都港区六本木2-4-5
03-5549-1201　03-5549-1167（編集）

装丁　AFTERGLOW

印刷・製本　中央精版印刷株式会社

ISBN978-4-8156-1606-9
Printed in Japan

ファンレター、作品のご感想をお待ちしております。

〒106-0032　東京都港区六本木 2-4-5
SBクリエイティブ株式会社
GA文庫編集部 気付

「白石定規先生」係
「92M 先生」係

本書に関するご意見・ご感想は
下のQRコードよりお寄せください。
※アクセスの際に発生する通信費等はご負担ください。

https://ga.sbcr.jp/